PUBLICATION DE LA RÉUNION DES OFFICIERS

NOTIONS
DE
SERVICE EN CAMPAGNE
A L'USAGE
DES VOLONTAIRES D'UN AN
(INFANTERIE)

PAR
P. G. HERBINGER
CAPITAINE ADJUDANT-MAJOR AU 101e DE LIGNE

« Les sous-officiers sont l'âme de l'infanterie. »
(Maréchal de Saxe.)

PARIS
LIBRAIRIE FIRMIN DIDOT FRÈRES
IMPRIMEURS DE L'INSTITUT DE FRANCE
56, RUE JACOB, 56
1874

NOTIONS

DE

SERVICE EN CAMPAGNE

PUBLICATION DE LA RÉUNION DES OFFICIERS

NOTIONS

DE

SERVICE EN CAMPAGNE

A L'USAGE

DES VOLONTAIRES D'UN AN

(INFANTERIE)

PAR

P. G. HERBINGER

CAPITAINE ADJUDANT-MAJOR AU 101e DE LIGNE

« Les sous-officiers sont l'âme de l'infanterie. »
(Maréchal de Saxe.)

PARIS

LIBRAIRIE FIRMIN DIDOT FRÈRES

IMPRIMEURS DE L'INSTITUT DE FRANCE

56, RUE JACOB, 56

1874

AVANT-PROPOS

Ce travail est le résumé de conférences faites aux engagés conditionnels d'un an du 101e régiment.

Il a été reconnu que l'étude de nos règlements ne peut suffire à préparer des jeunes gens au service de guerre. Si l'instruction pratique, d'autre part, est la seule qui puisse être comprise du plus grand nombre, il n'en est pas de même pour cette catégorie particulière de soldats : il faut leur expliquer ce qu'ils ont vu faire sur le terrain.

Les engagés conditionnels ne restent pas assez longtemps sous les drapeaux pour qu'on puisse songer à les instruire par ce que les Allemands nomment *la routine*. Leur recrutement permet d'ailleurs d'agir autrement. Enfin, la routine même, suffisante pour un soldat, ne l'est point pour un sous-officier. Or, beaucoup d'entre eux seront appelés à remplir, dès le début d'une campagne, les fonctions de sous-officier.

On s'est efforcé de ne sortir que le moins possible des prescriptions concernant spécialement ces fonctions si modestes et si importantes. Si on les a quelquefois dépassées, c'est en songeant que le sous-officier ne peut se diriger raisonnablement que s'il comprend bien l'ensemble de l'opération à laquelle il prend part.

Les articles du règlement mentionnés au programme des examens de fin d'année ont été supposés connus. On s'est de plus efforcé de donner des notions exactes sur les mille détails de vie intérieure, de discipline surtout, qui ne sauraient être formulés dans aucun règlement.

Enfin un certain nombre d'engagés conditionnels devant être, après une deuxième année, pourvus du brevet d'officier auxiliaire, un dernier chapitre a été consacré à des considérations d'un ordre un peu plus élevé. Ce chapitre forme un aperçu, aussi succinct que possible, des petites opétions dans lesquelles une compagnie d'infanterie peut être appelée à se suffire à elle-même.

La compagnie a été supposée constituée comme elle l'est actuellement ; mais il est évident que cette question n'intervient que dans des exemples, et que celui qui se sera bien pénétré des principes énoncés en déduira tout aussi facilement sa règle de conduite, qu'il fasse partie d'une compagnie de 120 hommes ou d'une de 250.

NOTIONS

DE

SERVICE EN CAMPAGNE

I

DES CAMPS, CANTONNEMENTS ET BIVACS

Tout le monde sait que les troupes en campagne ne peuvent être ni casernées ni logées individuellement chez l'habitant, tant à cause de l'encombrement qu'en raison des nécessités de la guerre. On distingue trois sortes d'installation.

Des camps. — L'ordonnance sur le service en campagne donne toutes les indications nécessaires pour l'établissement d'un camp régulier, soit que les troupes soient baraquées, soit qu'elles occupent des tentes de grande dimension.

On a toutefois l'habitude de donner le nom de camp à l'installation sous la tente-abri.

Ces tentes sont montées pour quatre ou six hommes. La tente à quatre peut abriter cinq hommes : on en profite, en cas de mauvais temps, pour doubler le côté exposé au vent et à la pluie; la tente à six hommes peut en abriter jusqu'à huit. Dans la pratique, on ne doit pas exiger trop rigoureusement que les tentes soient toutes montées pour un même nombre d'hommes; il est préférable de s'attacher à ce que les hommes ne se mêlent pas d'une escouade à l'autre.

Pour établir le camp, on prend dans chaque compagnie, à la droite et à la gauche, six pas de distance en arrière des faisceaux, ce qui donne l'alignement du premier rang de tentes. On forme deux rangs suffisamment espacés pour permettre aux hommes de circuler. Si quelques parties du terrain ne permettent pas de monter facilement les tentes, on peut former trois rangs. Les sous-officiers campent ensemble, un peu en arrière des tentes des hommes; les officiers de même.

Il est bon de se rapprocher autant que possible de cette disposition; mais, d'autre part, ces camps étant généralement établis quand les hommes sont déjà fatigués par la marche, et ne constituant qu'un abri passager pour une nuit ou deux, il faut avant tout les rendre commodes et ne pas retarder leur installation par des puérilités.

Les appels se font aux faisceaux, comme dans les camps réguliers. Les fourneaux sont placés en quelque endroit convenable, le plus souvent en avant des faisceaux, à trente ou quarante pas. Le soir, comme les tentes sont très-étroites, on réunit le grand campement, escouade par escouade, et on l'établit contre les faisceaux. Dans chaque compagnie il est commandé une escouade de garde qui fournit un factionnaire aux faisceaux. Sans cette précaution, on risque de se laisser enlever ses ustensiles de campement par des rôdeurs qui, ayant perdu ou dégradé leurs effets, cherchent à les remplacer ainsi. Les factionnaires réglementaires de la garde de police sont trop peu nombreux pour exercer cette surveillance. Dans les corps éloignés de l'ennemi, il est bon de faire, en outre, à l'appel du soir, serrer les faisceaux, ce qui se fait en les formant de trois fusils seulement et juxtaposant exactement les armes qui occupent la même place dans chacun d'eux. Cette disposition facilite le service du factionnaire. En outre, en attachant le tout ensemble au moyen d'une corde, on y trouve l'avantage d'empêcher les hommes de saisir leurs armes sans ordre pendant la nuit, en cas de fausse alerte. Les accidents de cette nature sont fréquents au début d'une campagne.

On fait toujours serrer les faisceaux quand on se sait éloignés d'ennemis sérieux, mais entouré de maraudeurs très-habiles, qui viennent individuellement ramper jusqu'auprès des tentes pour s'emparer de quelques armes, habitude particulière aux Arabes.

On remarquera que si l'installation sous la tente-abri est simple et rapide, elle ne prête pas à une prise d'armes inopinée, puisqu'il faut un temps assez long (vingt minutes au moins pour des hommes exercés) pour faire les sacs et être prêt à marcher. Par les mauvais temps, après une marche un peu pénible, les hommes s'endorment plus profondément que sous tout autre abri, et la nuit ils en sortent incomplétement éveillés et ne savent où ils se trouvent. C'est pour cela que, comme on le verra plus loin, il ne faut jamais faire monter les tentes pour la nuit à une grand'garde.

Des cantonnements. — Les cantonnements sont la meilleure de toutes les installations, tant au point de vue de la santé des hommes qu'à celui des réunions rapides. Que les dispositions aient pu ou non être prises d'avance, chaque compagnie reçoit un ou plusieurs corps de bâtiments; le capitaine y répartit sa troupe, toujours par *fractions constituées*, et s'y installe lui-même avec ses officiers. Les sergents logent avec leur demi-section. Dans chaque logement ou abri, on réunit les armes dans un emplacement désigné; on ne laisse jamais coucher les hommes avec leurs fusils près d'eux, tant pour prévenir les accidents provenant de simples maladresse que pour le cas d'alerte nocturne. Si l'on s'attend à prendre les armes dans la nuit, les hommes couchent tout habillés, chaussés et équipés; les sacs sont faits le soir. On exige alors des habitants de fournir de quoi tenir les locaux éclairés pendant toute la nuit. Dans tous les cas, il faut être en mesure d'avoir de la lumière au premier signal. Les sous-officiers veillent à ce que les fourneaux des cuisines soient placés de manière à éviter toute chance d'incendie.

Chaque sous-officier doit, si ses deux escouades ne sont point logées ensemble, connaître parfaitement l'emplacement occupé par chacune d'elles. Chaque officier doit également connaître les logements de sa section.

Les habitants des campagnes ont coutume de fermer, pendant la nuit, les issues, les écuries par des barrières fixes ou mobiles, même par des grilles ou des portes. On leur interdit formellement de barrer ainsi l'accès des locaux occupés par les hommes. S'ils s'obstinent à le faire, on détruit immédiatement les obstacles. Les hommes de garde à la police, qui peuvent être appelés à aller avertir leur compagnie pendant la nuit, doivent parcourir plusieurs fois pendant le jour le chemin qui conduit au logement des officiers. Le sergent-major et le fourrier logent sinon dans le même local que les officiers, du moins sous le même toit. Il en est de même des ordonnances.

Le capitaine fixe pour la compagnie un point de rassemblement. Tous les appels se font en cet endroit.

Des bivacs. — Le bivac est la plus simple de toutes les installations. Les troupes sont arrêtées soit en bataille, soit en colonnes (presque toujours à distance entière). A moins d'ordres contraires, on allume, à la tombée de la nuit, deux feux par compagnie, ou un seul si l'effectif est très-réduit. Ces feux sont placés à 20 pas, au moins, en arrière des faisceaux. Si l'on est resté en colonne, ils sont placés sur les flancs, dans les intervalles entre les bataillons. Les hommes se couchent autour des feux. En cas de mauvais temps, on construit des abris. Ces abris consistent simplement en une espèce de toit formant un demi-cône, ou demi-tronc de cône présentant sa convexité au vent. Ils sont faits de branchages recouverts de paille. On ne saurait évidemment formuler aucune autre prescription sur la manière de les établir, puisque l'on ne peut prévoir le genre de matériaux que l'on aura à sa disposition. On confie la direction du travail aux hommes ayant exercé la profession de bûcheron ou de charpentier.

Qu'une troupe soit campée, cantonnée ou bivaquée, on ne doit jamais démonter toutes les armes en même temps : une escouade ou demi-section au plus à la fois, dans chaque compagnie.

Dispositions générales. — Le premier devoir des officiers et des sous-officiers en campagne est d'éviter le désordre et le gaspillage des ressources. Les hommes sont très-portés à se figurer qu'aussitôt qu'on passe de l'état de paix à l'état de guerre, les liens de la discipline doivent se relâcher. Cette circonstance est aggravée par l'arrivée de contingents rappelés, composés d'individus ayant repris les habitudes de la vie civile.

L'unité, pour tous les détails du service intérieur des compagnies, est l'escouade, réunion de 8 à 15 hommes, sous le commandement d'un caporal ou, à son défaut, du plus ancien soldat de première classe. L'escouade est pourvue d'un grand campement, consistant en une marmite, une grande gamelle et un grand bidon. On y doit ajouter au moins une hachette.

Chaque escouade forme, en campagne, un ordinaire. Il ne faut pas prendre cette prescription au pied de la lettre. Les hommes vivent en commun ; mais, à moins d'impossibilité absolue, les vivres qu'il faut ajouter aux prestations en nature doivent être achetés comme en temps de paix, et répartis entre les escouades comme les autres distributions.

Le caporal fait porter, à tour de rôle, les divers effets de campement par des hommes qu'il commande chaque jour. Il répartit de même les vivres de réserve, renfermés dans des sachets marqués au numéro de l'escouade ; il est responsable du tout. Il commande les hommes pour la cuisine, le bois, l'eau et les distributions. Il n'a, du reste, besoin d'agir ainsi que quand les hommes, ne se connaissant pas encore très-bien entre eux, ne savent pas se répartir le travail et concourir, chacun pour sa part, au bien-être de tous. Au bout de peu de jours, deux ou trois soldats alternent pour la cuisine, tel va toujours au bois, tel autre à l'eau, etc. On ne doit pas s'opposer à ces arrangements, faits dans l'intérêt commun ; il faut seulement veiller à ce que certains individus ne cherchent pas à n'y point contribuer en ce qu'ils sont capables de faire, ce qui est la cause de disputes.

L'organisation française comporte actuellement huit escouades par compagnie. Si l'effectif de chacune dépasse douze hommes, y compris le caporal, il faut deux grandes marmites au lieu d'une. Si l'effectif descend au-dessous de sept hommes, le commandant de la compagnie sollicite du chef du corps l'autorisation de réduire le nombre de ses escouades à six ou même à quatre (toujours en nombre pair).

Les sous-officiers sont autorisés à vivre chacun dans une escouade. Le commandant de compagnie doit cependant les engager à vivre ensemble ; il les autorise alors à employer pour la cuisine un soldat qui mange avec eux ; ce soldat n'est point commandé pour les services qui l'empêcheraient de remplir ses fonctions. Un campement complet est donné alors aux sous-officiers. Ils font porter les ustensiles dans les escouades, à tour de rôle.

Avant l'arrivée à la grande halte (qui n'est autre chose qu'un bivac de quelques instants) ou à l'endroit où l'on doit passer la nuit, le caporal avertit les hommes qui doivent aller à l'eau et au bois. Aussitôt les faisceaux formés et les rangs rompus, ces hommes se mettent en route. Si l'ordre en a été donné, ils sont réunis comme les corvées ordinaires ; sinon, ils partent individuellement.

Lorsque l'endroit où l'on se procure l'eau est éloigné, les hommes qui s'y rendent emportent tous les ustensiles dont on dispose, même les petits bidons.

Quand il n'est pas fait de distribution de bois, on fait connaître aux troupes les endroits où il est permis d'en couper. On ne laisse toucher aux clôtures et aux bois de construction que faute de toute autre ressource, même en pays ennemi. Cette attention est surtout nécessaire pendant les grandes haltes. Souvent, dans les cantonnements, on ne distribue ni chauffage ni paille, mais on désigne à chaque corps des tas de bois ou des meules qui doivent suffire à sa consommation. Alors les corvées sont conduites en ordre et la répartition est faite par un officier. C'est dans ces circonstances surtout qu'une surveillance très-sévère est indispensable. La maraude est une maladie mortelle. Le soldat français ne pille guère que pour manger, mais il aime à gaspiller et à détruire. Si on le laisse faire, un village est saccagé en quelques minutes, sans profit pour personne, mais, en revanche, au grand préjudice de la discipline ; c'est pour cela qu'aux mesures prises par l'autorité supérieure doit s'ajouter la vigilance incessante des officiers de compagnie et des sous-officiers. Les délinquants doivent savoir que le conseil de guerre les attend, et il ne faut pas hésiter à les y déférer.

Dans une ferme ou un village enlevé de vive force, il faut redouter surtout le cas où l'on viendrait à découvrir des provisions de vin ou d'autres liqueurs. Il n'y a qu'une ressource alors, c'est de défoncer les tonneaux et d'en répandre le contenu ; sans cela, les deux tiers des hommes sont, au bout de quelques instants, absolument hors d'état de combattre.

II

DES AVANT-GARDES, ARRIÈRE-GARDES ET FLANQUEURS

Tout le monde sait qu'une troupe qui marche dans la direction de l'ennemi est toujours précédée d'un détachement destiné à la prévenir de la présence de l'adversaire et, si les circonstances le permettent, d'engager la lutte de manière que la portion principale ait le temps de prendre ses dispositions. De là, résulte la distinction, en trois points principaux, de la mission d'une avant-garde :

1° Signaler l'ennemi ;

2° Le repousser s'il n'est pas en force et, dans le cas contraire, se renseigner le mieux possible sur son effectif et ses dispositions ;

3° Le contenir et l'occuper, pendant un temps suffisant, pour que le corps principal ait le temps de se préparer à l'attaque ou de s'établir dans une position défensive.

Des avant-gardes. — La proportion entre le corps principal et l'avant-garde est variable suivant la configuration du terrain, la nature des troupes mises en présence et leurs effectifs.

Mais, quelle que soit cette composition, la troupe mise dans les premiers instants en contact immédiat avec l'ennemi sera toujours un très-petit détachement. Il est aisé de comprendre, en effet, qu'un corps considérable chargé de couvrir un autre se fait précéder lui-même de détachements destinés au rôle d'avant-garde, lesquels usent, à leur tour, des mêmes précautions. Il est donc essentiel d'étudier, d'abord, la manière de procéder de la fraction de troupes la plus restreinte, autrement dit, en ce qui concerne spécialement l'infanterie, les moyens qu'emploie une escouade servant d'avant-garde à un détachement d'environ une section. L'avant-garde se trouve alors constituée dans la proportion généralement admise pour les troupes placées dans le voisinage immédiat de l'ennemi, c'est-à-dire qu'elle se compose d'un quart de la force totale du détachement.

Nous supposons l'escouade constituée comme elle l'est habituellement en campagne, c'est-à-dire comptant de dix à quinze hommes, parmi lesquels trois ou quatre soldats de première classe. En raison de l'importance de sa mission, elle sera, autant que possible, commandée directement par le sergent dont elle dépend. On conçoit que ce groupe, marchant réuni, ne servirait pas à grand'chose ; tout au plus pourrait-il s'exposer à quelque accident désagréable et avertir ainsi à ses propres dépens, s'il se trouvait en présence d'un ennemi assez maladroit pour ne pas le laisser passer et attendre la troupe principale. Il faut donc que l'escouade elle-même se fasse précéder, à une distance suffisante, d'hommes isolés, lesquels n'offrent, pour ainsi dire, aucune prise aux projectiles de l'ennemi, et dont la mission sera évidemment non de combattre, mais de tâcher d'apercevoir l'ennemi, ou au moins de l'amener à faire feu, ce qui revient exactement au même.

Une escouade composée comme nous l'avons dit, marchant sur une route ordinaire, précédera de 200 ou 300 mètres le gros du détachement; elle détachera une *pointe d'avant-garde* composée d'au moins trois hommes, dont l'un, soldat de première classe, aura le commandement. Ce dernier suivra, à une distance d'au moins 50 mètres, les deux soldats placés sous ses ordres, lesquels se tiendront à 150 ou 200 mètres du gros de l'escouade. Ils ne marcheront point réunis, mais l'un d'un côté de la route, l'autre de l'autre, ayant soin de voir le plus loin possible en avant d'eux et de se faire voir le moins possible. Le chef de la *pointe* doit les avoir constamment en vue et être vu lui-même du chef d'escouade, pour qu'on puisse se prévenir par signes. On voit, par là, que les distances ci-dessus prescrites n'ont rien d'absolu; on les augmentera impunément en terrain découvert, et il faudra les réduire dans les terrains quelque peu ondulés. Dans ce dernier cas, si l'escouade est nombreuse, on doublera la force de la pointe, faisant marcher deux hommes de chaque côté de la route, le premier des deux à 30 ou 40 mètres en avant du second, et le chef de la pointe ayant lui-même un autre homme auprès de lui. Le chef de la pointe sera alors habituellement le caporal. Le restant de l'escouade (soit de quatre à huit hommes) marchera près du sous-officier, observant de ne point se placer en évidence au milieu de la route mais bien d'en suivre l'un des côtés (le mieux abrité). Les hommes se tiendront à quelques pas les uns des autres, afin d'offrir le moins de prise possible aux coups de feu des vedettes, des factionnaires ou des embuscades de l'ennemi.

Des flanqueurs. — Cette dernière précaution sera suffisante si le terrain est peu couvert ou si, d'autres détachements marchant parallèlement à peu de distance, on n'a aucune inquiétude pour sa droite et pour sa gauche. S'il n'en est pas ainsi, on devra s'efforcer d'y remédier en faisant marcher sur les flancs de l'escouade, et à peu près à sa hauteur, des groupes de deux ou trois hommes, dits *flanqueurs*. L'un de ces hommes devra être un soldat choisi, autant que possible de 1re classe, et il aura le commandement sur celui qui lui sera adjoint. Ils auront la même mission que les hommes de la pointe : *chercher à voir sans être vus*. Le chef se tiendra toujours en vue de l'homme qui est sous ses ordres d'une part, du gros de l'escouade de l'autre. Ainsi la répartition sera dans le genre de celle qu'indique la figure.

On remarquera que le rôle de ces flanqueurs devient, dès que le terrain est un peu couvert, beaucoup trop important pour pouvoir être rempli par un aussi petit nombre d'hommes, et que, de plus, il est la cause d'une fatigue excessive. En outre, l'effectif habituel d'une escouade lui permet rarement de fournir à elle seule la pointe, les deux groupes de flanqueurs et de conserver encore un noyau central : il y a donc lieu de chercher à suppléer à cette insuffisance de forces.

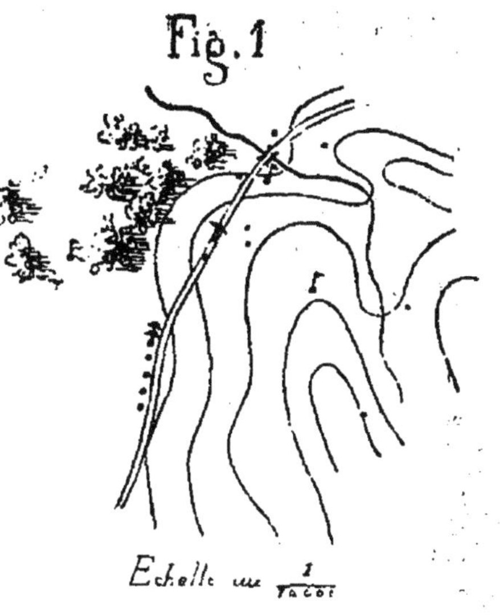

Sous-Officier
Caporal
Soldat de 1re Classe
— d° de 2e d°

PREMIER CAS. *La section est isolée.* — Dans de telles conditions, elle constitue un détachement qui ne saurait, évidemment, être aventuré trop loin de tout appui. L'escouade d'avant-garde n'a donc qu'à prendre des précautions pour que le gros de la troupe ne reçoive pas, à l'improviste, une salve de projectiles. Elle devra pour cela observer à droite et à gauche de la route, à portée moyenne de fusil (soit de 300 à 600 mètres), les chemins ou autres accidents de terrain qui pourraient être mis à profit par les partis (1) ennemis. Pour y parvenir, cette escouade détachera, dans la direction des tournants des chemins, des bouquets d'arbres, des ravins, des constructions de quelque importance, des groupes d'é-

(1) On entend par *parti* tout détachement, tel que reconnaissance, patrouille, corps franc, etc., agissant isolément pour se procurer des nouvelles de l'ennemi, ou repousser ses reconnaissances, ou entraver ses communications.

claireurs formés de deux hommes au moins, de trois hommes si l'effectif le permet. Le chef de groupe, qui devra être un soldat choisi, et autant que possible de 1re classe, enverra l'homme qui lui sera adjoint au point qu'il jugera convenable pour voir le plus loin possible sans être vu. Si le groupe est de trois hommes, son chef en profitera pour faire examiner les locaux suspects (maisons, jardins, bouquets de bois, etc.) de deux côtés à la fois. Lui-même se placera de manière à voir ses éclaireurs et à pouvoir avertir promptement le détachement. Dans cette position, le groupe attendra qu'il ait été dépassé par le gros de la section. Le chef ramènera alors ses hommes et ils viendront ensemble prendre place à la queue de la colonne.

Par exemple, sur le terrain représenté dans la figure 2, la

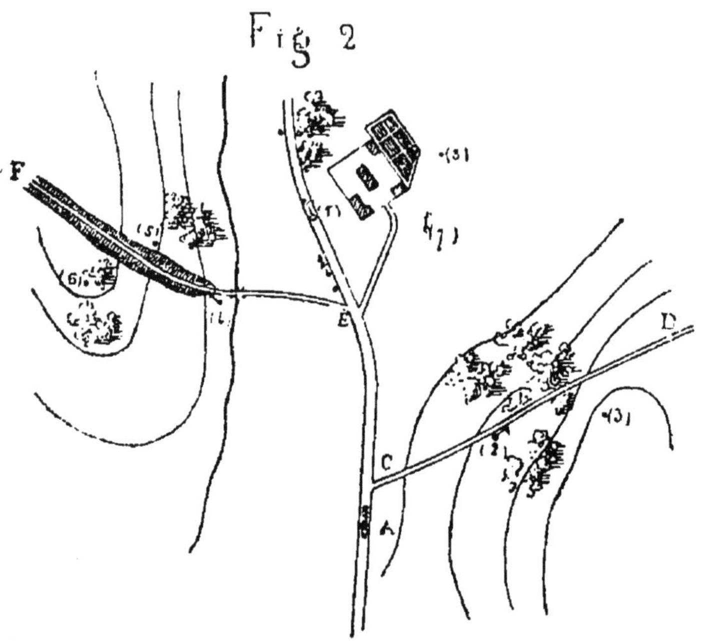

section étant parvenue au point A, l'escouade d'avant-garde *aura*, chemin faisant, et sa *pointe* continuant à marcher sous la conduite du caporal [1], détaché :

1° A l'embranchement C, les hommes [2] et [3], pour surveiller le chemin CD;

2° A l'embranchement E, les hommes [4], [5] et [6], pour visiter le chemin creux EF et surveiller la hauteur;

3° Enfin les hommes [7] et [8] pour contourner la maison G et le jardin attenant;

Chaque groupe devant, comme il a été dit, venir se replacer à la queue du gros du détachement quand il aura été dépassé.

On voit que, dans notre exemple, il ne reste plus que la pointe avec le caporal et un soldat avec le sous-officier commandant (encore a-t-on supposé l'escouade de dix hommes, non compris le caporal, effectif dont on ne dispose pas toujours); il y a donc lieu de relever l'avant-garde. A cet effet, l'officier de section avertira l'escouade première à marcher d'avoir à continuer sa route pour prendre la place de l'avant-garde et, *cet ordre donné et compris* (1), arrêtera le détachement. L'escouade désignée ira s'arrêter à la hauteur du chef de l'ancienne avant-garde, et en recevra les renseignements nécessaires. Elle aura eu soin de prévenir ses hommes de pointe, qui continueront jusqu'à la hauteur de l'ancienne pointe. La nouvelle avant-garde reprendra la marche en même temps que le gros du détachement. Les hommes de l'ancienne attendront, sur place, que le gros passe à leur hauteur.

DEUXIÈME CAS. *Le détachement se compose de la compagnie entière.* — Tout ce qui vient d'être dit prouve que l'escouade est un groupe un peu faible pour suffire au rôle d'extrême avant-garde, dès qu'il y a lieu de surveiller les flancs. Une compagnie isolée trouvera donc tout avantage à détacher pour ce service une demi-section, qui sera répartie alors de la manière suivante :

1° Une escouade formant la pointe et détachant tout le

(1) On verra pourquoi en traitant des marches.

restant de son monde en *flanqueurs*, par groupes de deux ou trois hommes ;

2° L'autre escouade marchant réunie près du chef de l'avant-garde, ne détachant que de petits groupes de deux hommes pour assurer sa liaison avec les flanqueurs, au cas où ceux-ci s'éloigneraient beaucoup, et aussi pour les relever aux points qui devraient être particulièrement surveillés.

Les deux escouades changeront entre elles à toutes les haltes.

On remarquera que, dans un terrain très-couvert, il arrivera souvent qu'en raison du grand nombre d'issues à surveiller, la demi-section d'avant-garde soit obligée de se conformer aux prescriptions formulées ci-dessus pour une escouade : c'est au capitaine qu'il appartiendra d'en donner l'ordre et de régler sa marche en conséquence.

TROISIÈME CAS. *La section (ou la compagnie) est suivie d'un corps plus considérable.* — Dans ce cas, l'officier de section détachera une escouade comme extrême avant-garde et fera assurer sa droite et sa gauche par deux autres escouades marchant en flanqueurs. Il ne gardera donc qu'une escouade auprès de lui. Dans celles qui marchent en flanqueurs, le caporal détachera deux ou trois groupes, comme il a été dit précédemment ; lui-même, avec le restant de sa troupe, suivra le mouvement, observant de se tenir en relations avec l'officier de section.

Dans les mêmes circonstances, une compagnie détachera une escouade ou deux comme extrême avant-garde, deux comme flanqueurs. Celles-ci pourront s'éloigner beaucoup, puisque l'extrême avant-garde suffit à assurer le voisinage immédiat de la route ; il faut seulement observer de rester toujours en communication. Le gros de la compagnie restant dans la main du capitaine, pourra, au besoin, détacher de petits groupes pour assurer sa liaison avec les flanqueurs.

On peut remarquer que cette dernière disposition arrive à représenter un pur et simple déploiement en tirailleurs, sur un espace beaucoup plus étendu qu'on ne le fait d'ordinaire pour le combat. C'est, en effet, la seule manière de se présenter à l'ennemi que puisse employer l'infanterie lorsqu'elle se porte en avant, dans un terrain couvert qui, pour un motif quelconque, n'a pas été précédemment exploré par la cavalerie. La question, dès qu'on trouve une résistance, est de renforcer cette ligne, en évitant autant que possible de mélanger les compagnies et, par suite, les bataillons et les régiments, et l'on conçoit qu'une difficulté de cette nature ne puisse être résolue mathématiquement.

Une consigne générale doit être donnée aux hommes de pointe et flanqueurs. C'est, avant tout, de *chercher à voir l'ennemi avant d'être vus* (1) ; dès qu'ils l'aperçoivent, prévenir leur chef immédiat (chef d'escouade ou soldat de 1re classe) par signes, autant que possible ; se rapprocher pour l'avertir s'ils ne peuvent faire autrement ; ne faire feu que s'ils sont *enlevés*. On ne saurait trop leur répéter que crier pour avertir est maladroit, tirer est absurde, à moin que l'ennemi n'ait fait feu lui-même ; car, par ce moyen, on prévient les deux partis en même temps ; quant à tirer sur une vedette ou une patrouille qui s'enfuit, c'est une tentative de coup d'adresse qu'il ne faut tolérer qu'aux très-bons tireurs.

Dès que l'ennemi est signalé, l'extrême avant-garde, à moins d'ordres contraires reçus avant le départ, marche vivement à lui, après avoir envoyé prévenir le gros du détachement. Si elle se trouve en présence de forces *trop supérieures*, elle s'arrête et dispute le terrain de son mieux.

On a dit, en effet, au début que sa mission, une fois l'ennemi signalé, était :

1° De le repousser, s'il n'était pas en forces, et dans le cas

(1) On exigera que les hommes de pointe et les flanqueurs marchent l'arme dans la main droite, la crosse près de terre, le bout du canon en air (ancienne position de l'arme descendue).

contraire, de se renseigner le mieux possible sur sa force et ses dispositions.

Or on n'arrivera à ce double résultat, qu'en abordant vigoureusement les premiers détachements que l'on rencontrera. Si ce sont de simples *découvertes* (1), elles se replieront sans avoir pu remplir complétement leur mission. Si ce sont des avant-gardes, elles seront ramenées sur les troupes qui les appuient, lesquelles alors se font voir, et c'est ce qu'il s'agit d'obtenir. Dans les rencontres de cette nature, toutes les chances de succès sont du côté du plus hardi, du moins en ce qui concerne le début de l'action.

2° De contenir et d'occuper l'ennemi, si la troupe que l'on précède a à prendre des dispositions de combat.

Ce n'est, encore, qu'en attaquant avec la plus grande vigueur les avant-gardes ennemies, qu'on parviendra à s'emparer des points utiles pour l'attaque réelle, ou à retarder la marche de l'adversaire, de manière à donner le temps au gros du détachement de se reconnaître.

Donc, *à moins d'ordres formels*, le chef de l'extrême avant-garde devra toujours lancer sa troupe en avant, dès qu'il aura aperçu des détachements ennemis. Il ne devra s'arrêter sur place que s'il aperçoit l'ennemi en force dans une bonne position, ou s'il soupçonne une forte embuscade que l'effectif de sa troupe ne lui permette pas de déborder. Dans l'une ou l'autre seulement de ces circonstances, il arrêtera et embusquera sa troupe, attendant les ordres du chef de détachement. Inutile d'ajouter que, s'il est abordé, il doit opposer la résistance la plus énergique et ne se replier qu'à la dernière extrémité.

Des arrières-gardes. — Il est évident qu'un détachement quelconque chargé de précéder et d'éclairer un corps considérable, n'a point à se garder en arrière. On conçoit égale-

(1) Cette expression sera expliquée ultérieurement.

ment qu'une troupe quelconque, marchant à l'ennemi, n'a pas à prendre en arrière d'elle les mêmes précautions qu'en avant, puisque le terrain a été exploré par elle-même, et qu'elle est garantie, en outre, soit par l'ensemble des dispositions, soit par la certitude que l'ennemi ne peut se trouver que devant elle. Il suffira donc de veiller à ce que des *partis*, plus ou moins entreprenants, ne viennent jeter quelque inquiétude dans le détachement, par des coups de feu habituellement mal tirés.

Une escouade, envoyée isolément, ne sera jamais assez exposée pour avoir à se préoccuper de ce genre d'accident. C'est tout au plus si une section pourra être portée assez loin, pour qu'un ennemi entreprenant puisse pousser quelques hommes résolus, entre elle et le corps dont elle dépend. Pour se garantir des tracasseries de cette nature, il sera prescrit à la dernière escouade de laisser, à 150 ou 200 mètres en arrière d'elle, un groupe de trois hommes, dont un de 1re classe, marchant comme il est prescrit pour la pointe d'avant-garde, mais dans l'ordre inverse.

Les flancs étant d'ailleurs assurés, soit par des détachements voisins, soit par des groupes de flanqueurs, une compagnie isolée n'aura guère plus de précautions à prendre, tout au plus, devra-t-elle, si le terrain et le genre d'ennemi l'y obligent, doubler cette arrière-garde, la constituant comme il a été prescrit pour une pointe d'avant-garde dans un terrain difficile. On n'aura guère à prendre cet excès de précautions qu'en présence d'un ennemi peu organisé, et cherchant à remédier à ce défaut par des tentatives individuelles audacieuses (les Arabes, les Mexicains, etc.).

Ainsi une compagnie isolée, marchant dans la direction de l'ennemi, sera disposée d'une manière analogue à celle qu'indique la figure 3.

Un détachement (section ou compagnie) s'éloignant de l'ennemi, devra nécessairement prendre pour sa sécurité des dispositions analogues à celles qu'on vient d'étudier. Ainsi, son arrière-garde sera constituée dans la même proportion

Fig. 3

a. Pointe et flanqueurs de la 1re escouade. — *b*. Extrême avant-garde et ses flanqueurs (2e escouade). — *c*. Arrière-garde (détachée de la 3e escouade). — A. Gros de la compagnie.

Les traits pointillés relient entre eux les hommes composant un même *groupe*.

que l'avant-garde pour marcher à l'ennemi, et sera répartie de la même manière, dans l'ordre *exactement inverse*.

Toutefois, dès qu'il y a lieu de surveiller sérieusement les flancs en marchant en retraite, on conçoit que cette mission ne peut être remplie par des groupes détachés de l'arrière-garde. En conséquence, on formera une petite avant-garde. Celle-ci agira comme il a été prescrit ci-dessus pour une avant-garde ordinaire, et les groupes de flanqueurs, dès qu'ils auront en vue ceux de l'arrière-garde, viendront rejoindre la queue de la colonne. Pour une compagnie isolée, par exemple une escouade suffira habituellement.

Que l'on marche à l'ennemi, ou qu'on s'en éloigne, toutes les fois que le détachement fera halte, l'avant-garde, l'arrière-garde et les flanqueurs agiront de même. Les groupes détachés comme pointe ou flanqueurs ne seront pas tenus de s'arrêter sur place, mais, au contraire, chercheront à s'établir de manière à voir le plus loin possible. Ils se remettront en route en même temps que le gros de la colonne.

Il peut arriver que la halte doive se prolonger, soit pour attendre des détachements de cavalerie envoyés au loin, soit pour tout autre motif. Quelquefois même on aura à faire une *grande halte*. En ce cas, le chef du détachement fera relever ses escouades détachées comme *avant* ou *arrière-garde* (suivant le cas), par d'autres qui auront préalablement déposé les sacs. Il prendra soin d'étudier le terrain pour disposer lui-même ses factionnaires, et le plus souvent détachera une ou deux escouades dans les directions qu'il lui paraîtra le plus utile de surveiller; ces détachements, devenus dès lors de véritables petits postes, se comporteront ainsi qu'il sera expliqué par la suite. Il est important que le chef de détachement prenne, *en cas de grande halte*, les dispositions nécessaires pour que tout son monde ait mangé avant de se remettre en marche.

III

DES PATROUILLES ET RECONNAISSANCES

Une fraction de troupe envoyée isolément dans la direction où l'on suppose la présence de l'ennemi, pour rentrer dans un bref délai, forme ce qu'on nomme une patrouille. On distingue :

1° Les *petites patrouilles,* qui ne sont que des groupes de deux à cinq hommes chargés de surveiller les factionnaires et d'explorer le terrain à de petites distances en avant d'eux.

2° Les *patrouilles moyennes*, formées de une, deux ou trois escouades, dirigées le plus souvent par un officier, ou au moins par un sous-officier choisi, et ayant pour mission de visiter et de fouiller les accidents de terrain (bouquets de bois, constructions, ravins, etc.) à des distances qui varient habituellement entre 500 et 2,000 mètres.

3° Les *grandes patrouilles,* dont la force varie entre une section et une compagnie, chargées du même service à des distances un peu plus fortes, souvent aussi d'appuyer des détachements de cavalerie poussés très en avant.

Les petites patrouilles emploieront pour leur sécurité des moyens analogues à ceux qui ont été prescrits pour une escouade d'avant-garde. Ainsi, une patrouille de trois hommes aura un homme isolé en pointe, à peu de distance évidemment. Les deux autres le suivront, ayant soin d'observer eux-mêmes leur droite et leur gauche. Une patrouille de cinq hommes en aura deux en pointe, les deux autres près du chef. Il ne faut pas que ce dernier, par un amour-propre mal compris, aille lui-même faire le métier d'éclaireur. Avec de vieux soldats son exemple est inutile; avec des hommes trop jeunes et timides, il s'expose à être abandonné, même involontairement, par ceux qu'il commande. La patrouille ne fût-elle que de deux hommes, celui qui en a le commandement doit faire marcher l'autre en avant de lui. Si cet homme s'arrête, il le rejoint et voit alors par lui-même. On a d'ailleurs déjà donné, en parlant des groupes de flanqueurs, des exemples de la manière d'agir des petites patrouilles.

Quant aux patrouilles moyennes et aux grandes patrouilles, elles appliqueront soigneusement les principes prescrits précédemment pour une section ou une compagnie isolée.

On remarquera que toutes ces prescriptions ont été formulées en supposant que l'opération avait lieu le jour. Il est évident que la nuit il faudra diminuer d'autant plus les distances que l'obscurité sera plus profonde : car à l'inconvénient grave de ne pouvoir avertir sans bruit se joint la crainte de s'égarer, qui influe beaucoup sur le moral des hommes. C'est donc la nuit surtout qu'il y aura lieu de se relier, par des hommes détachés, avec les groupes de flanqueurs, pour que ceux-ci ne se sentent pas isolés, qu'ils s'occupent de surveiller et non de chercher à ne pas se perdre.

Les *petites patrouilles* étant surtout, comme on le verra plus tard, employées dans le service de nuit, la distance entre les éclaireurs et le chef deviendra souvent tout à fait insignifiante. Il faudra alors n'avancer que peu à peu, souvent à plat ventre les uns derrière les autres, parfois chacun touchant de sa main le pied de l'homme qui le précède. C'est ce qu'on nomme une patrouille *rampante*.

On n'a que ce moyen, quand on est très-près de l'ennemi pour surveiller pendant la nuit les petits postes et les factionnaires les plus avancés. Dans le même cas, des patrouilles rampantes composées d'hommes choisis ont souvent pour mission de chercher à enlever pendant la nuit les factionnaires ennemis. On ne saurait évidemment formuler aucune règle précise sur la manière de procéder. Il faut du silence, de l'adresse et surtout de la hardiesse et du sang-froid.

Les reconnaissances journalières (1) sont de grandes patrouilles portées en avant de la ligne des petits postes, vers les points qu'il y a lieu de surveiller particulièrement, et dans les directions où l'on suppose pouvoir se procurer des nouvelles de l'ennemi.

L'infanterie, dans ce genre d'opérations, sert habituellement de soutien à des détachements de cavalerie que l'on pousse le plus loin possible; toutefois la nature du terrain et l'insuffisance de troupes à cheval peuvent contraindre l'infanterie à suffire elle-même à ce service.

On conçoit qu'il y a souvent lieu de faire partir des reconnaissances ou des découvertes dans la journée, parfois même la nuit. En tous cas on se conformera, pour l'aller et le retour, aux prescriptions ci-dessus formulées en traitant de la marche des grandes patrouilles. Il en sera de même pour les détachements chargés de coopérer aux reconnaissances spéciales. Quand l'opération est d'une plus grande importance, notamment s'il s'agit d'une reconnaissance offensive, l'ensemble des dispositions est réglé par l'officier général ou supérieur qui prend le commandement de toutes les troupes destinées à y coopérer. Quant à l'exécution de détail elle ne saurait différer de toute autre espèce de marche à portée de l'ennemi. Les fractions formant extrême avant-garde agiront donc comme il a été prescrit pour le cas où le détachement est suivi d'une fraction de troupes plus considérable; et les arrière-gardes, au retour, prendront les dipositions inverses. Au cas où l'ennemi suivrait de très-près, on se conformerait à ce qui sera prescrit ultérieurement pour les retraites des lignes de tirailleurs.

(1) L'effectif des reconnaissances est généralement beaucoup plus fort que celui des simples patrouilles, surtout en cavalerie. Une reconnaissance est composée d'un régiment ou même une brigade de cavalerie soutenue par un ou plusieurs détachements d'infanterie. Une patrouille de vingt-cinq à cinquante chevaux ou d'une section d'infanterie forme ce qu'on appelle une *découverte*.

IV

DES AVANT-POSTES

Tout corps de troupes campé, cantonné ou bivaqué est évidemment tenu de pourvoir à sa sécurité en faisant surveiller, à une distance suffisante, les chemins qui le mettent en communication avec l'ennemi. Les détachements employés à ce service constituent ce qu'on appelle *le système des avant-postes*. Leur mission consiste :

1° A avoir des nouvelles de l'ennemi ;

2° A avertir dans le cas où celui-ci tenterait une attaque ;

3° A repousser cette attaque, si elle n'est pas exécutée par des forces trop considérables et, dans le cas contraire, à la contenir assez longtemps pour que la portion principale ait le temps de prendre ses dispositions.

Un système d'avant-postes comprend toujours :

1° La réserve d'avant-postes, à environ 2,000 mètres en avant du corps principal ;

2° Les grand'gardes, à 1,500 ou 2,000 mètres en avant de la réserve ;

3° Les petits postes, à 500 ou 600 mètres en avant des grand'gardes.

Dans la marche en avant, ce service est confié aux troupes qui ont fait pendant la marche le service d'avant-garde. Elles sont, en effet, moins fatiguées que les autres et, s'étant portées plus en avant, se trouvent toutes placées. Lorsqu'on marche en retraite, on doit de même confier cette mission à des troupes ayant marché au moins en tête de la colonne, parce que l'arrière-garde arrive très-fatiguée, et qu'il est souvent indispensable de lui fournir, à la fin de la marche, un soutien bien reposé et bien établi. Ce seront alors naturellement les troupes placées comme avant-postes pendant la nuit qui formeront l'arrière-garde le lendemain, au moins au début de la journée, puisque les préparatifs toujours difficiles du départ auront eu lieu sous leur protection.

La formation du système complet n'est possible, comme on voit, qu'à un corps considérable. Une division, par exemple, n'ayant que son front à couvrir, y emploiera deux bataillons au moins, quatre au plus. On conçoit qu'un régiment marchant isolément, ne pouvant guère employer plus d'un bataillon pour garder les deux autres, ne saurait constituer les trois lignes dont nous avons parlé qu'à la condition de n'avoir à surveiller qu'un espace restreint. S'il a à se garder dans plusieurs directions, la portion principale se trouvera forcément amenée à jouer elle-même le rôle des réserves d'avant-postes. Et, en effet, cette circonstance ne se présente, dans une guerre européenne, que pour un régiment chargé d'une mission spéciale et généralement de peu de durée.

Des petits postes. — Service de jour. — Les petits postes, étant les fractions de troupe les plus rapprochées de l'ennemi, doivent être constamment sur leurs gardes. Leur force varie entre quatre hommes et deux escouades (soit de seize à vingt-cinq hommes), suivant le nombre de factionnaires à fournir dans la proportion suivante :

3 hommes au minimum par factionnaire de jour;
4 — — — de nuit;
6 — — — *double* de nuit.

Une escouade ordinaire (de huit à douze hommes, non compris son chef) fournira bien deux factionnaires de jour, un factionnaire double la nuit, et pourra en outre fournir dans la nuit une ou deux patrouilles rampantes de trois hommes.

Les factionnaires ne sont pas poussés très-loin en avant, car il faut que pendant le jour ils soient toujours en vue du chef de poste. La consigne générale qui leur est donnée est la même qu'aux éclaireurs et flanqueurs, savoir :

1° Voir sans être vus;

2° Avertir par signes de toute chose suspecte. Au besoin, s'écarter de quelques pas de leur poste pour venir prévenir:

3° Ne tirer que s'ils se voient pris.

Les petits postes ne sont jamais logés, encore moins campés. Ce n'est que lorsqu'on est bien assuré par des indices certains (la rentrée des reconnaissances, par exemple) que l'ennemi est hors de vue qu'on peut faire former les faisceaux. Encore ne faut-il agir ainsi que si les troupes ont déjà quelque habitude de la guerre. Habituellement, la répartition sera la suivante :

Un tiers de l'effectif en faction;

Un tiers (descendant de faction) debout et le fusil à la main ou passé par la bretelle sur l'une ou l'autre épaule;

Un tiers assis l'arme entre les jambes.

Une heure avant le jour tout le monde est debout et l'arme au pied; on attend ainsi la rentrée des reconnaissances.

Il ne faut jamais tolérer qu'un soldat faisant partie d'un poste avancé dépose son arme, sauf le cas prévu ci-dessus.

Le jour on emploie habituellement des factionnaires simples. Cependant si l'on a à quelque distance un point avantageux, c'est-à-dire un peu couvert et d'où la vue s'étende dans plusieurs directions, il y aura nécessité d'y porter un factionnaire double. Si l'endroit est un peu trop éloigné et que la force du petit poste le permette, le chef de poste ne devra pas hésiter à détacher un caporal ou soldat de première classe avec trois hommes, qui constitueront un nouveau petit poste dépendant de celui qui l'a détaché.

Les petits postes sont généralement établis par le commandant de la grand'garde, sous la surveillance de l'officier général ou supérieur qui aura fixé l'emplacement de cette grand'garde. Dès qu'ils sont placés, chaque chef de poste doit étudier soigneusement le terrain qu'il a à surveiller en avant de lui, sa liaison avec les postes voisins et avec la grand'garde elle-même; il en établira rapidement, *toutes les fois qu'il lui sera possible, un levé expédié.* Ces levés serviront de renseignement au commandant de la garde, qui, de son côté, devra visiter ses postes, s'assurer que tous sont bien reliés et voient suffisamment loin en avant. Il modifiera, au besoin, leur emplacement.

Le service de jour ne commence qu'à la rentrée des reconnaissances du matin; il finit au coucher du soleil.

Service de nuit. — Le règlement tolère de modifier, pour la nuit, la disposition des petits postes et même des grand' gardes. On devra n'user de cette faculté qu'avec la plus grande circonspection, car rien n'est plus gênant que d'avoir à rechercher, la nuit, des emplacements qu'on n'a pas plusieurs fois visités pendant le jour.

La mission des petits postes est d'ailleurs exactement la même à quelque heure que ce soit; mais la surveillance aux grandes distances devient plus difficile. De plus, en présence d'ennemis peu organisés, mais connaissant très-bien les détails du terrain, les factionnaires sont inquiets, parce qu'ils craignent d'être enlevés sur place, et les jeunes soldats surtout se méfient de tous les buissons; enfin il est plus difficile de se relier avec le poste. C'est pour ces motifs qu'on n'aura habituellement, pendant la nuit, que des factionnaires doubles. On répartira alors les hommes deux à deux, de telle sorte que l'un des deux au moins soit un soldat en qui l'on aura confiance, et il aura le commandement sur celui qui lui sera adjoint; car, en toute circonstance, dès que deux soldats sont réunis, ils n'ont pas à *se concerter*, il faut que l'un des deux *commande.*

Les factionnaires qui ne sont pas très-rapprochés seront fréquemment visités par des patrouilles rampantes, qui se comporteront ainsi qu'il a été expliqué. Elles ne s'astreindront pas à rester en dedans de la ligne, mais, au contraire, elles devront la dépasser, tant pour explorer un peu le terrain en avant que pour s'assurer que les hommes en faction regardent bien du côté de l'ennemi, car, la plupart du temps, les soldats inexpérimentés ne comprenant pas très-bien l'importance de leur mission, se méfient plus d'une punition que d'un danger qu'ils discernent peu, et se préoccupent davantage de *reconnaître* une ronde que de surveiller le terrain; alors ils regardent le poste et non l'extérieur.

Ces patrouilles seront, autant que possible, fournies par la grand'garde elle-même et composées d'hommes ayant parcouru le terrain qu'on doit visiter la nuit.

Les patrouilles rampantes et les rondes, qui se comportent de même, sont habituellement reconnues au moyen de signaux, ainsi qu'il est expliqué dans le règlement sur le service en campagne. Si les hommes qui composent les patrouilles ou escortent les rondes sont fournis par le petit poste, on les choisit parmi ceux qui descendent de faction, parce qu'ils se rappellent encore très-bien les détails du terrain, et qu'il faut prendre pour aller en faction des soldats un peu reposés, et non point des hommes qu'une marche de la nature de celle des patrouilles rampantes vient de fatiguer.

Il faut éviter, par les mauvais temps, de laisser les hommes s'encapuchonner, s'abriter ou même se serrer les uns contre les autres, parce qu'ils finissent toujours par s'endormir. Une des circonstances qui exigent le plus d'activité de la part du chef d'un petit poste, c'est le cas où la pluie, chassée par un vent un peu fort, vient du côté de l'ennemi. On comprend facilement pourquoi.

Le service de ces détachements étant des plus pénibles, il y a lieu de les relever fréquemment. On relèvera les petits postes de six en six heures, au moins, pendant le jour ; eux-mêmes relèveront leurs factionnaires toutes les heures. La nuit, il est mauvais de relever les postes, parce que les hommes voient mal le terrain. Donc, si les nuits sont courtes, les petits postes seront établis un peu avant le coucher du soleil, pour toute la nuit. Si les nuits sont très-longues, on aura soin de faire bien visiter, pendant le jour, tous les emplacements par *les hommes désignés pour prendre le poste* pendant la nuit.

Des grand'gardes. — *La force et l'emplacement* des grand' gardes sont déterminés ainsi qu'il est prescrit dans le règlement sur le service en campagne.

Les grand'gardes ne sont jamais campées, sauf le cas où des reconnaissances sérieuses ont permis d'être certain *qu'aucune attaque n'est possible avant plusieurs* heures; on peut alors monter les tentes, mais pendant le jour seulement. Dans tous les cas, quand les troupes n'ont pas une grande habitude de la guerre, on ne fait point camper les grand'gardes : elles sont bivaquées ou abritées sous des constructions choisies avec soin (granges, hangars, manéges, etc.). Pendant la nuit, on tient la moitié des hommes éveillés et debout.

Elles prennent les armes et mettent sac au dos une heure avant le lever du soleil, et attendent ainsi la rentrée des reconnaissances.

De jour ou de nuit les sacs sont faits, les hommes chaussés et équipés, les armes aux faisceaux. On n'enlève des sacs que les objets de campement absolument indispensables pour faire la soupe, et on les replace dès que les hommes ont mangé. Si l'on est dans le voisinage d'un lieu habité, on laisse les sacs faits et l'on se procure chez les habitants les ustensiles nécessaires.

On ne tolère à aucun homme de s'absenter; on se comporte, en un mot, de la même manière que les postes dans les villes de garnison.

Il a été parlé, ci-dessus, de la manière dont les grand' gardes doivent relever les petits postes qui les couvrent.

Des réserves de grand'gardes. — Les réserves des grand'

gardes sont habituellement campées ou cantonnées et se comportent comme les troupes composant le gros de la colonne; seulement, tout le monde est consigné dans le camp ou cantonnement; on n'en fait sortir que les corvées absolument indispensables.

Si l'on s'attend à une attaque, on fait faire les sacs, équiper les hommes et prendre les dispositions prescrites pour les grand'gardes elles-mêmes. Dans tous les cas, on prend comme elles les armes avant le jour, mais on peut former les faisceaux et déposer les sacs en attendant la rentrée des reconnaissances.

Les grand'gardes montantes sont habituellement fournies par la réserve. Le règlement sur le service en campagne permet, lorsqu'on s'attend à une attaque, de relever à la pointe du jour, ce qui revient à doubler les postes. On ne doit recourir à cette mesure que si l'effectif des grand'gardes est très-restreint. Il vaut mieux porter sa réserve à temps sur le point où elle peut être utile, que de la fractionner d'avance sur toute l'étendue du terrain à garder.

Conduite en cas d'alerte. — Dès que le chef d'un petit poste est prévenu du voisinage de l'ennemi, il fait avertir les postes voisins et le commandant de la grand'garde. Pour aller trouver ce dernier, il est important de choisir un homme sûr, calme et d'une nature peu communicative, parce que les criards donnent de fausses alertes, et rien que par leur attitude et leur langage mettent le trouble dans le détachement. Pendant ce temps, les petits postes auxquels leur effectif le permet portent des patrouilles en avant pour chercher à enlever quelques éclaireurs ennemis, dont la seule présence suffira souvent à fournir des renseignements précieux. A moins d'instructions particulières envoyées par le commandant de la grand'garde, on ne se retire que quand l'ennemi se présente en force, et l'on dispute pied à pied le terrain.

La grand'garde rompt les faisceaux dès qu'elle est avertie, soit ainsi qu'il vient d'être dit, soit par le feu. On doit se rappeler, dans ce cas, que les attaques à l'improviste, *quand on se garde bien,* sont rarement sérieuses, car un ennemi marchant résolûment en avant n'a pas le temps de s'amuser à enlever quelques factionnaires et se gêne peu pour se faire voir à une bonne distance. Elles n'ont pour but que de se procurer quelques prisonniers, ou tout simplement de fatiguer les postes. La grand'garde devra donc toujours, avant de se décider à se mettre en retraite, s'assurer, par un retour offensif vigoureusement conduit, que l'alerte n'est pas le résultat d'une attaque insignifiante ou tout simplement d'une méprise. Les accidents de ce genre et les fausses alertes proprement dites, sont les circonstances où l'énergie et le sang-froid des officiers et des sous-officiers sont le mieux mis à l'épreuve.

La première chose à obtenir est un silence absolu. Pour y parvenir beaucoup plus sûrement que par des moyens de rigueur, il faut que l'attitude et l'aspect du chef rassurent les hommes et leur imposent l'obéissance; quelque pressé que l'on soit, il ne faut pas le laisser voir, parler peu et crier moins encore.

Aucune règle particulière ne saurait évidemment être formulée à l'égard des réserves de grand'gardes, car, à moins d'une inqualifiable négligence, elles auront toujours le temps de prendre leurs dispositions.

Des fausses alertes. — Les fausses alertes sont très-fréquentes au début d'une campagne. Il y a surtout une déplorable habitude contre laquelle il faut se tenir en garde, c'est celle de crier : *aux armes!* à propos de rien, et celle encore plus pernicieuse et plus sotte de répéter ce cri sans savoir pourquoi, et sans avoir mission de le faire. Un factionnaire ne doit crier *aux armes!* que s'il est enlevé et désarmé avant d'avoir pu faire feu. Un chef de petit poste n'a rien à crier du tout, puisque ses hommes ont leurs fusils à la main. La grand'garde doit simplement, dès qu'on entend le feu, se former derrière les faisceaux. Il ne faut les rompre qu'au commandement du chef, eût-on l'ennemi (ou ce qu'on prend pour l'ennemi) en vue à 200 mètres.

Le service des avant-postes peut se résumer ainsi :

Chercher toujours à voir et à écouter sans se faire voir. Être constamment prêt à combattre. Si l'ennemi se présente, le recevoir avec le plus grand calme, et ne lui céder le terrain qu'en le lui faisant conquérir pied à pied.

Le meilleur moyen d'obtenir des hommes, et même des cadres, le sang-froid nécessaire est de ne supporter aucune infraction aux règles précédentes. Lorsque chacun, aux petits postes, a son fusil à la main et veille, on n'est nullement étonné d'apercevoir l'ennemi, puisqu'on est en état de se défendre. Lorsque les hommes qui composent la grand'garde sont équipés, réunis et prêts à mettre sac au dos, ils ne sont point surpris par un engagement des petits postes, puisqu'ils n'ont qu'à rompre les faisceaux pour être prêts à combattre. On ne saurait trop répéter, que le devoir du chef en cas d'alerte, aussi bien le jour que la nuit, est d'imposer *à tout prix* le silence le plus absolu, et de ne jamais tolérer qu'on touche aux faisceaux avant son commandement.

Lorsqu'on s'attend à des attaques de partisans ou de troupes irrégulières, les grand'gardes se couvrent par de petites tranchées ou des abatis. On doit se rappeler, dans ces circonstances, que rien n'est plus mauvais que de répondre à des fusillades nocturnes. On fait coucher les hommes à plat ventre, le fusil à la main, et on tue à coups de baïonnette les gens assez hardis (s'il s'en rencontre) pour venir jusqu'au retranchement.

V

DES MARCHES

L'infanterie peut marcher de deux manières :

1° En colonne ;

2° Par le flanc, à rangs doublés, le premier rang suivant le côté gauche de la route, le second rang le côté droit. (L'inverse a lieu si l'on marche par le flanc gauche.)

Marche en colonne. — La marche en colonne est la plus commode pour le maintien du bon ordre, si la route est facile. Elle présente l'inconvénient d'en barrer presque toujours toute la largeur. Cet inconvénient est grave dans une colonne nombreuse, parce que la transmission des ordres est ralentie. En effet, les cavaliers porteurs de dépêches, s'ils ne peuvent courir à travers champs, sont obligés de marcher lentement et de déplacer beaucoup de monde. On ne doit donc marcher ainsi que si la route est suffisamment large pour qu'on puisse, en réduisant le front des subdivisions, laisser un côté libre, ou si le terrain environnant permet aux hommes à cheval de longer facilement la colonne.

On ne doit pas s'astreindre outre mesure à la conservation des distances, et les commandants de compagnie feront tous leurs efforts pour assurer la régularité de l'allure, condition indispensable de la marche de l'infanterie. Il n'y aura donc pas à s'occuper de rattraper un intervalle perdu, à moins qu'on ne le voie s'agrandir considérablement. Dans ce dernier cas seulement, on fera accélérer la cadence, mais très-modérément, après avoir eu soin d'en prévenir les chefs de subdivision et les compagnies qui suivent. C'est, du reste, au chef de bataillon qu'il appartient d'ordonner ce changement d'allure, car il est seul à même d'en bien constater la nécessité. Les commandants de compagnie ne le prescriront, de leur propre mouvement, qu'en cas d'urgence bien évidente. On veillera, tout particulièrement, à ce que les hommes dans le rang continuent à se maintenir à la hauteur de leurs guides et à conserver largement l'aisance des coudes. Les guides n'accéléreront que progressivement et par quantités pour ainsi dire insignifiantes. Cette attention, nécessaire même avec d'anciens soldats, est absolument indispensable avec des hommes et des cadres qui n'ont pas encore contracté une très-grande habitude de la marche.

Inversement, si l'on s'aperçoit qu'on serre trop, on fait ralentir, mais d'une très-faible quantité, dût-on aller jusqu'à serrer à distance de rang sur la subdivision qui précède. Les distances se reprendront d'elles-mêmes lorsqu'on rencontrera à son tour l'obstacle qui a ralenti la tête de la colonne.

Dans le voisinage de l'ennemi, on marche en colonne d'un front plus ou moins étendu, habituellement à demi-distance ou serrée en masse. Cette marche s'exécute presque toujours à travers champs, et il n'y a plus lieu d'observer que les principes prescrits pour les manœuvres, en tenant compte des observations qui seront formulées en traitant des combats.

Marche par le flanc. — La marche par le flanc est la marche habituelle de l'infanterie, hors de la portée de l'ennemi, en raison de l'avantage ci-dessus signalé de laisser le milieu de la route libre.

Le principe étant qu'une troupe en marche ne doit pas occuper un espace plus long que l'étendue de son front, l'expérience fait voir qu'en marchant par le flanc à rangs doublés on restera généralement au-dessous de cette limite. Il sera bon d'en profiter pour laisser un petit intervalle de la tête d'une compagnie à la queue de celle qui la précède, afin de pouvoir exiger que, dans chaque compagnie, les têtes des deux rangs se tiennent à la même hauteur.

L'ordre n'est pas moins indispensable dans ce genre de marche que dans le précédent ; on ne doit tolérer *sous aucun prétexte* qu'un homme s'arrête ou sorte du rang, ne fût-ce que pour trois ou quatre pas. Dans les corps accoutumés à la marche, les hommes exercent eux-mêmes cette surveillance les uns sur les autres, parce qu'ils ont appris à leurs dépens que le moindre désordre, le moindre à-coup, le moindre flottement est la cause d'une fatigue excessive pour tous les hommes qui suivent le maladroit. Tant que les soldats n'ont pas acquis l'expérience nécessaire, il est du devoir des officiers et des sous-officiers de réprimer avec la dernière sévérité toute faute de cette nature, quelque insignifiante qu'elle puisse paraître.

Des repos. — Les repos, dans l'un ou l'autre ordre de marche, ont lieu habituellement ainsi qu'il suit :

1° Premier repos, trois quarts d'heure après le départ ;

2° Tous les autres repos, d'heure en heure.

La durée de chaque repos est de dix minutes.

La grande halte, qui n'est qu'un bivac momentané, dure au moins une demi-heure, quelquefois plusieurs heures, suivant les cas.

Toutefois, il ne faut jamais laisser croire aux hommes que ces habitudes constituent un droit, erreur pernicieuse qui n'est que trop répandue et qui donne lieu à des actes d'indiscipline très-graves. Dans le voisinage de l'ennemi, le choix de l'endroit où l'on doit faire reposer dépend de considérations nombreuses dont il est facile de comprendre la nature et au courant desquelles on ne saurait évidemment mettre chacun. C'est au commandant de colonne qu'il appartient de ne s'écarter beaucoup de ces règles que pour des motifs sérieux.

A moins d'ordres contraires, qu'on marche en colonne ou par le flanc, à la sonnerie de *halte*, la tête de chaque compagnie s'arrête court, et l'on forme les faisceaux où l'on se trouve. Si l'on marche par le flanc, les rangs font face en dehors de la route pour former les faisceaux, toujours pour ne point encombrer le milieu de la chaussée.

La proximité de l'ennemi, le passage d'un défilé d'une certaine longueur, obligent souvent à faire serrer en masse sur la tête de la colonne, dans une position choisie à cet effet. Il arrive alors que les bataillons de la queue, au moment où ils s'arrêtent, voient ceux de la tête déjà en marche. Il faut exiger des hommes qu'ils se reposent, en leur faisant comprendre qu'ils seront avertis à temps du moment de reprendre rang dans la colonne. Mais cette manière d'agir a, malgré tous les efforts possibles, l'inconvénient de laisser les hommes inquiets; elle ne doit donc être employée que si les circonstances l'exigent absolument.

Recommandations générales. — Il arrive souvent, surtout au début d'une campagne, que des hommes inexpérimentés ou récemment rappelés et ayant perdu les habitudes militaires, s'écartent du rang pour aller boire aux cours d'eau, dans les cabarets ou, ce qui est pire encore, chez les habitants, si la marche a lieu sur un territoire ami.

L'ordonnance sur le service en campagne prescrit de placer des factionnaires près des fontaines; cette mesure est insuffisante, si elle n'est complétée par la surveillance des officiers et des sous-officiers. Lorsque la marche est pénible, il appartient aux chefs de corps, parfois même aux chefs de bataillon, de faire arrêter leurs troupes dans les endroits où les hommes peuvent se pourvoir d'eau, et d'y faire remplir les petits bidons (1). Quelque détestable que soit, pour le fantassin, l'habitude de boire pendant la marche, on est contraint de la supporter, la plupart des hommes l'ayant con-

(1) Si l'on ne peut s'arrêter, chaque compagnie laisse sur place les hommes porteurs des grands bidons, sous le commandement d'un sous-officier. Ce détachement rejoint au premier repos, avec ses bidons remplis.

tractée avant leur entrée au service; mais il faut qu'elle ne devienne jamais une cause de désordre et, pour cela, l'on prendra soin de se pourvoir d'eau en temps et lieu ; quant à laisser les soldats entrer dans les cabarets ou chez les habitants, c'est introduire le plus pernicieux des éléments de désordre. Il appartient aux commandants de compagnie de rendre leurs officiers, leurs sous-officiers et leurs caporaux *responsables* de toute infraction à la règle. Ces fautes, étant de celles qu'on ne peut imputer ni à un manque d'intelligence ni même à une négligence, doivent être réprimées avec la dernière rigueur. Dans la marche comme dans le combat, le chef qui adresse des remontrances à ses hommes est incapable de commander: un signe doit suffire. Les soldats savent quel est leur devoir; quiconque tente de s'y soustraire, s'il reprend sa place au premier avertissement, n'en mérite pas moins une punition très-grave; s'il n'obéit pas, c'est à la force d'agir, *sur place* et sans hésitation. Ce n'est qu'avec quelques exemples de cette nature, au début d'une campagne, qu'on peut être assuré de ne pas traîner avec soi des bandes de maraudeurs. Du reste, le chef qu'on sait bien résolu à agir ainsi n'a presque jamais besoin de le faire.

VI

DES COMBATS

Toute espèce d'engagement doit être prévue, puisqu'en se conformant aux prescriptions précédemment formulées, on est certain d'être averti à temps du voisinage de l'ennemi. Il y a lieu, d'ailleurs, d'observer qu'outre les patrouilles, découvertes et reconnaissances d'infanterie, les troupes à cheval ont pour mission de se procurer des renseignements à de grandes distances et de les transmettre rapidement ; ce n'est donc que par suite d'ignorance ou de maladresse qu'on peut être appelé à combattre sans avoir eu le temps de s'y préparer.

Cas de surprise. — Toutefois les deux adversaires, à la guerre, faisant tous leurs efforts pour se surprendre mutuellement, il faut prévoir le cas où l'on serait appelé à combattre à l'improviste.

En marche, la circonstance est peu gênante, puisque tout le monde est dans le rang. Il n'y a, du reste, d'exposé à ce genre de surprise que des colonnes isolées se flanquant mal. C'est un fait qui ne se produit guère que dans les campagnes hors d'Europe, lorsqu'on n'est pas encore familiarisé avec le genre d'ennemis que l'on a à combattre et la disposition générale des terrains. Ces attaques, peu sérieuses, se réduisent à une salve à petite distance, suivie d'une fusillade mal ajustée. Les compagnies qui reçoivent ces feux doivent s'élancer immédiatement, sans riposter, sur les embuscades, fussent-elles même assurées de n'y plus trouver personne. Pendant ce temps, le gros se remet en ordre, reprend son calme et arrête ses dispositions.

Dans les camps ou cantonnements, les attaques imprévues sont plus incommodes, elles ne sont possibles, d'ailleurs, que dans le genre de guerre dont on vient de parler, parce qu'alors on opère par colonnes d'un faible effectif, auxquelles il est impossible de se garder sérieusement dans toutes les directions. En ce cas, il y a lieu, ainsi qu'il a été dit, de prescrire à la totalité du détachement les mêmes mesures de précaution que pour les réserves des grand'gardes (1).

Quant aux surprises de camps ou cantonnements dans une guerre européenne, quelque inadmissible que soit une telle supposition, elle doit être prévue. Les commandants de compagnie se porteront vivement à l'ennemi, dès qu'ils auront réuni la moitié environ de leur troupe. On laissera un sous-officier solide ou un officier même, au besoin, pour réunir et amener au feu, *dans le plus grand ordre*, les retardataires.

On ne s'occupera point, évidemment, de faire faire les sacs, car on ne saurait, en cas d'échec, songer à revenir les prendre. Tout le monde se rappellera que, plus la circonstance est critique, plus il est urgent d'obtenir, par *quelque moyen que ce soit*, l'ordre, le calme et le silence.

Dans les conditions normales, les combats s'engagent généralement à la pointe du jour, parce qu'il est de l'intérêt de l'assaillant d'avoir, une fois le succès obtenu, un temps suffisant pour profiter de ses avantages ; de plus, les quelques heures qui précèdent et qui suivent le lever du soleil sont celles où le sommeil est le plus profond chez la plupart des individus. En abordant l'ennemi de très-bonne heure, on met donc de son côté quelques chances de surprise. C'est pour cela que, d'autre part, il est prescrit aux petits postes, aux

(1) On se tiendra aussi en garde contre les alertes de nuit données par quelques coups de fusil. Les petits postes et les grand'gardes se rappelleront que le premier de leurs devoirs est de ne céder le terrain qu'à la dernière extrémité. Souvent, notamment en Afrique, il suffira de ne pas répondre à ces fusillades inoffensives, qui n'ont d'autre but que de jeter l'alarme.

grand'gardes et à leurs réserves d'être sous les armes à ce moment de la journée.

Prescriptions générales. — Dans toute troupe d'infanterie qui s'attend à combattre, le premier soin des officiers de compagnie et des sous-officiers est de s'assurer du bon état de l'armement, des munitions et de la chaussure. Cette dernière prescription est très-importante, parce que, dans le cas d'un succès, qu'on doit toujours espérer, une marche rapide est souvent nécessaire pour obtenir le plus grand résultat possible; de plus, si les soldats sont peu habitués à la guerre, il importe d'attirer leur attention sur des questions de détail, pour empêcher les imaginations de divaguer et ne laisser croire à personne que le combat est une circonstance extraordinaire dans laquelle disparaissent les habitudes de tenue et de subordination. On fera faire et rendre l'appel, et les commandants de compagnie inspecteront leur compagnie comme ils le font d'ordinaire à l'appel de midi. Il est très-important, au moment de quitter le camp ou cantonnement, de faire, pour la mise en marche, les mêmes commandements que pour un rassemblement quelconque; rien n'est plus mauvais que de laisser croire à des jeunes gens qu'ils seront commandés au feu autrement qu'à l'exercice.

Les troupes à pied se portant à l'ennemi marchent toujours en colonne, au moins dès qu'elles peuvent entendre le feu. Toute l'attention des officiers et des sous-officiers doit, dès lors, se porter sur les prescriptions de détail formulées dans l'instruction sur les manœuvres. On exige surtout le silence, et tout chef doit plus que jamais s'abstenir de crier : les fautes commises sont réprimées par un simple coup d'œil, un avertissement tout au plus; les criailleries sont le propre des gens qui cherchent à s'étourdir eux-mêmes.

Il ne faut pas que, sous aucun prétexte, aucun officier ou sous-officier quitte sa place de bataille dans les nombreux temps d'arrêt qui se produisent toujours avant le combat proprement dit. De telles allures inquiètent les hommes.

Rien n'est plus préjudiciable que de les haranguer au moment de combattre : tous ne sont que trop portés à se croire dans une circonstance critique. Quiconque est pourvu d'un commandement, quelque restreint qu'il soit, doit paraître là tel qu'il est dans le service journalier; il ne faut pas que le soldat aperçoive, au moment du feu, le moindre changement dans la manière d'être de celui qui le commande.

Pour toute troupe qui n'est point d'avant-garde, il s'écoule un temps très-long entre le moment où l'on est averti qu'il y a lieu de combattre et l'instant précis de l'engagement. C'est précisément pendant ce laps de temps qu'on appliquera les prescriptions qui précèdent; on se souviendra que sous aucun prétexte les hommes ne doivent être autorisés à s'écarter. Dans un temps d'arrêt prolongé, on n'aura quelques tolérances que pour faire des hommes qui les auront sollicitées la risée de leurs camarades.

Dès qu'on arrive à portée de l'ennemi, on reçoit généralement, au début, des projectiles d'artillerie. A ce moment, il est bon de faire exécuter, chemin faisant, quelque mouvement de l'école de bataillon, fût-il d'ailleurs absolument inutile au point de vue des dispositions générales (rompre les divisions ou les former, ou passage d'obstacles, ou former les colonnes de pelotons, etc., etc.) ; car, alors surtout, il importe de rappeler aux hommes qu'ils sont commandés et que leurs chefs sont familiarisés avec les circonstances dans lesquelles on se trouve.

Avant de se trouver dans la zone des feux d'infanterie, on porte des tirailleurs en avant. Les officiers des compagnies désignées observeront, particulièrement, de ne point montrer une vivacité inusitée. On n'interpellera jamais personnellement les hommes : s'il se commet quelque maladresse dans une escouade, le capitaine ne doit s'en prendre qu'à l'officier de section. Celui-ci n'a pas, à moins de circonstances très-graves, à s'y porter de sa personne; il doit y envoyer le sergent dont relève l'escouade; enfin, vis-à-vis de ce dernier, c'est au caporal à répondre. Ce n'est qu'avec la plus stricte observation de la hiérarchie qu'on peut obtenir du sang-froid et une rapide transmission des ordres.

Toutes ces prescriptions seront beaucoup plus facilement observées dans les compagnies maintenues en ordre serré. Dans les unes et dans les autres, on ne saurait trop répéter que tout doit être commandé comme à l'exercice, pour être exécuté de même.

Dès qu'on a commencé à subir quelques pertes, il faut veiller à ce que certains philanthropes ne s'éloignent pas du danger, sous prétexte de venir en aide à leurs camarades atteints par le feu. La plupart du temps, ces gens ne se gênent point pour dévaliser ceux qu'ils font semblant d'aider à gagner les ambulances, ou tout au moins ils les abandonnent en route pour fuir plus vite. Les hommes hors de combat s'abritent comme ils peuvent et, pour les combattants, la seule manière de venir efficacement en aide à ceux-ci est d'éloigner l'ennemi de la place où ils sont tombés. Lorsqu'une compagnie est en tirailleurs, les escortes du capitaine et des officiers de section doivent être composées d'hommes sûrs. Ces hommes seront spécialement chargés de passer impitoyablement par les armes quiconque chercherait à s'esquiver d'une manière quelconque. Dans les compagnies restées en ordre serré, cette surveillance sera très-facilement exercée par les serre-files.

En résumé, le premier devoir de tout chef, quel que soit son rang dans la hiérarchie, est de *tenir constamment dans sa main* la fraction de troupe qu'il commande.

On s'efforcera, surtout, de faire reposer les hommes et de leur donner à manger avant de combattre. Quant à l'enthousiasme, c'est un élément qui ne doit jamais entrer dans les calculs : les hommes sont généralement disposés à bien se comporter, et c'est tout ce qu'on peut demander ; les grands élans sont très-rares et ne prennent naissance que dans un commencement de succès. Ce qu'on est convenu d'appeler l'enthousiasme n'est qu'une agitation de commande, plus dangereuse qu'utile parce qu'elle tombe au premier temps d'arrêt sous le feu. Les surexcitations de toute nature ne doivent être employées que pour encourager, en cas de marche pénible, de manque de vivres, de mauvais temps, etc.

Toutefois, au début d'un combat d'une certaine importance, on fait habituellement connaître aux troupes, par la voie de l'ordre, la grandeur du résultat qu'on attend de leurs efforts. Ces ordres, très-courts, sont communiqués par les moyens ordinaires, *et il faut surtout s'abstenir d'y ajouter aucun commentaire* (1).

De même, après une journée heureuse, des félicitations, également très-concises, sont ordinairement adressées aux troupes par les mêmes moyens.

Prescriptions relatives aux tirailleurs. — On a déjà dit que l'action de l'infanterie s'engage toujours par les tirailleurs. La chaîne qu'ils forment, chaîne plus ou moins irrégulière et assez faible au début du combat, est renforcée dès les premiers instants par ses soutiens, et bientôt par de nouveaux déta-

(1) Exemples :

1° *Ordre du général La Marmora à l'armée sarde, en Crimée, le 16 août 1855, au matin.*

« Soldats,

« Demain, le télégraphe apprendra à la Sardaigne et au roi si vous êtes dignes de combattre à côté des soldats de l'Alma et d'Inkermann.

« *Signé :* LA MARMORA. »

2° *Ordre du jour du 1er corps d'armée à son entrée en Italie en 1859.*

« Soldats du premier corps d'armée,

« Vous allez être appelés, les premiers, à l'honneur de vous mesurer avec l'ennemi. Rappelez-vous que vos pères ont toujours battu cet ennemi, et vous ferez comme eux.

« *Signé :* BARAGUEY-D'HILLIERS. »

chements. Les officiers et les sous-officiers doivent faire tous leurs efforts pour empêcher les différentes unités de se mélanger. C'est un résultat qu'on n'obtiendra jamais complétement, mais dont il faut s'efforcer de se rapprocher le plus possible.

L'instruction sur les manœuvres ne peut indiquer que le mécanisme des mouvements d'une ligne de tirailleurs. Tout est subordonné au terrain, au genre d'ennemi en présence, et à sa force. Dans un combat sérieux, la marche en avant se fait d'après les mêmes principes que ce que l'ordonnance nomme la retraite en échelons.

Une section, par exemple, qui doit chercher à gagner du terrain est avertie par son chef. Les chefs d'escouade font cesser le feu, mettre la baïonnette au canon si l'on est très-près des tirailleurs ennemis et, autant que possible, indiquent à leurs hommes le point qu'il s'agit d'atteindre. Cette dernière prescription est importante parce que, sous un feu un peu vif, beaucoup d'hommes n'entendent pas le commandement; d'autres perdent la tête et ils vont très-inutilement se faire tuer ou prendre au delà de la position qu'il fallait conquérir, entraînant leurs camarades et compromettant ainsi le résultat de l'attaque. Au signal de la marche en avant, donné par un signe du sabre ou un coup de sifflet, tout le monde s'élance au pas de course et va se jeter derrière l'abri qu'il aura aperçu d'avance. Si l'on n'a pu faire prévenir à temps, on arrête par le commandement de *halte*, ou mieux un coup de sifflet.

Une fois très-près de l'ennemi, les tirailleurs sont renforcés par des détachements marchant en ordre serré, détachements qui sont chargés de l'attaque proprement dite. On redouble le feu à ce moment, et l'on cherche surtout à prendre *d'enfilade* (1) les abris de l'ennemi. Au dernier moment, les tirailleurs mettent la baïonnette au canon, démasquent le

(1) Voir un *Cours de fortification*.

terrain que vont parcourir les colonnes, et s'élancent en même temps qu'elles.

Dans la défense, on discernera bien vite les points sur lesquels se dirigeront les tirailleurs ennemis, et l'on renforcera évidemment non-seulement ces points mêmes, mais surtout les positions qui les flanquent. Pour repousser les attaques exécutées comme on vient de le dire, l'emploi de feux de salve d'une ou deux escouades, d'une section même, vaut au moins, comme résultat utile, un tir non réglé ; ces feux ont l'avantage de ménager les munitions et, de plus, ils sont d'un effet moral énorme sur l'adversaire, qui se voit en présence d'hommes calmes et bien commandés. Les hommes mêmes qui exécutent ces feux reprennent leur sang-froid, leur calme et leur confiance en soi. On ne laissera donc, tant que l'on pourra, que quelques hommes choisis faire feu à volonté, pour viser les officiers ennemis ou pour tirer aux grandes distances sur les groupes de soutien. Près des points de la chaîne particulièrement menacés, on disposera des soutiens qui devront riposter aux tentatives faites pour la percer, par une contre-attaque à l'arme blanche, dirigée autant que possible en flanc, de la manière expliquée en traitant de l'offensive.

La marche en retraite est de beaucoup la plus difficile. Pour peu que l'ennemi fasse mine de poursuivre, elle se fait en échelons, par sections ou par compagnies. Mais là il faut éviter soigneusement la course, à moins qu'on n'ait à traverser un espace tellement couvert de feux qu'il soit absolument impossible d'y marcher lentement. *Alors, on aura soin d'envoyer d'avance un sous-officier et des hommes choisis, pour arrêter le restant du détachement sur la position où il faut se maintenir.*

La cavalerie n'est à craindre pour les tirailleurs que dans la retraite. L'ordonnance sur les manœuvres, prescrit les moyens à employer pour lui résister. C'est aux commandants des groupes ralliés, compagnies, sections ou escouades, à maintenir leur troupe dans la main, ce qui ne présentera, du reste, quelque difficulté que dans le premier moment, et encore avec des hommes inexpérimentés. Les feux de salve à petite distance sont presque les seuls à employer. On s'attachera surtout à se flanquer mutuellement.

VII

DES PETITES OPÉRATIONS

En outre des reconnaissances journalières, des services d'avant-garde ou d'arrière-garde et des postes avancés, il arrive souvent à une compagnie d'infanterie d'être chargée d'une mission spéciale, habituellement de peu de durée.

On ne peut évidemment prescrire des règles fixes pour chacun de ces services particuliers. Leur nature, le but à atteindre et les moyens d'exécution varient à l'infini. On examinera donc seulement, comme exemple, les circonstances qui se présentent le plus fréquemment :

1° *Fouiller un village.* — Il faut toujours s'attendre à trouver le village occupé par des postes ennemis, lors même que l'avant-garde et les flanqueurs n'auraient absolument rien signalé. On a généralement avec soi un guide, vis-à-vis duquel on prend scrupuleusement les mesures prescrites par l'ordonnance sur le service en campagne ; on exige surtout de lui, de prévenir lorsqu'on approche du village.

Dès que les hommes de pointe peuvent être aperçus des premières maisons, ils s'arrêtent, se cachent, et avertissent par signes. Le chef du détachement arrête alors tout son monde et fait charger les armes si elles ne le sont. Il examine la position, en évitant de faire voir, ni lui-même ni aucun homme de sa troupe (1).

Dans tout village de quelque importance il existe une con-

(1) Il est très-utile, sinon indispensable, à l'officier chargé d'une mission de cette nature d'être pourvu d'un cheval.

struction principale, église ou château, souvent l'un et l'autre. Ces édifices sont établis sur les points culminants de terrain et, tant par cette raison que par les ressources qu'ils offrent, sont le point central de la défense et, par conséquent, ou le but *objectif* de l'attaque. Dût-on faire un grand détour, il faut les aborder directement, à moins d'impossibilité absolue. Entre les deux, si tous deux existent, on choisira celui qui paraîtra assurer le mieux la possession du terrain envivironnant. Cette reconnaissance doit être faite d'un seul coup d'œil, et les dispositions d'attaque sont prises immédiatement en conséquence.

Si le village est de quelque étendue, on choisira d'avance, à l'endroit par lequel on pénètre, quelque construction solide et bien située; le détachement lancé le premier (une demi-section d'ordinaire) s'y arrêtera et s'y mettra rapidement en état de défense par les moyens enseignés dans les cours de fortification. Le reste de la compagnie s'élancera droit en avant sur l'édifice désigné ci-dessus, n'ayant plus à craindre d'être pris à revers.

Si l'effectif du détachement est assez fort et qu'on suppose n'avoir pas une troupe nombreuse en présence, l'avant-garde, restée en place sur la route par où l'on est venu, attaquera immédiatement droit devant elle, pour faire diversion. Si l'on dispose de quelques cavaliers, on leur prescrira de faire le tour du village pour menacer la retraite de l'ennemi. N'en eût-on que dix ou douze, cette menace sera des plus efficaces. La figure 4 peut donner une idée de l'aspect général de l'opération.

La rapidité d'exécution est, dans les tentatives de cette nature, le premier élément de succès. Si l'on a rencontré en route des éclaireurs ennemis, on est signalé, et dès lors il n'y a plus à songer qu'à une attaque véritable. Mais on sait que l'ennemi s'efforcera de surveiller la marche du détachement sans se faire voir lui-même; donc toujours, se

Fig 4

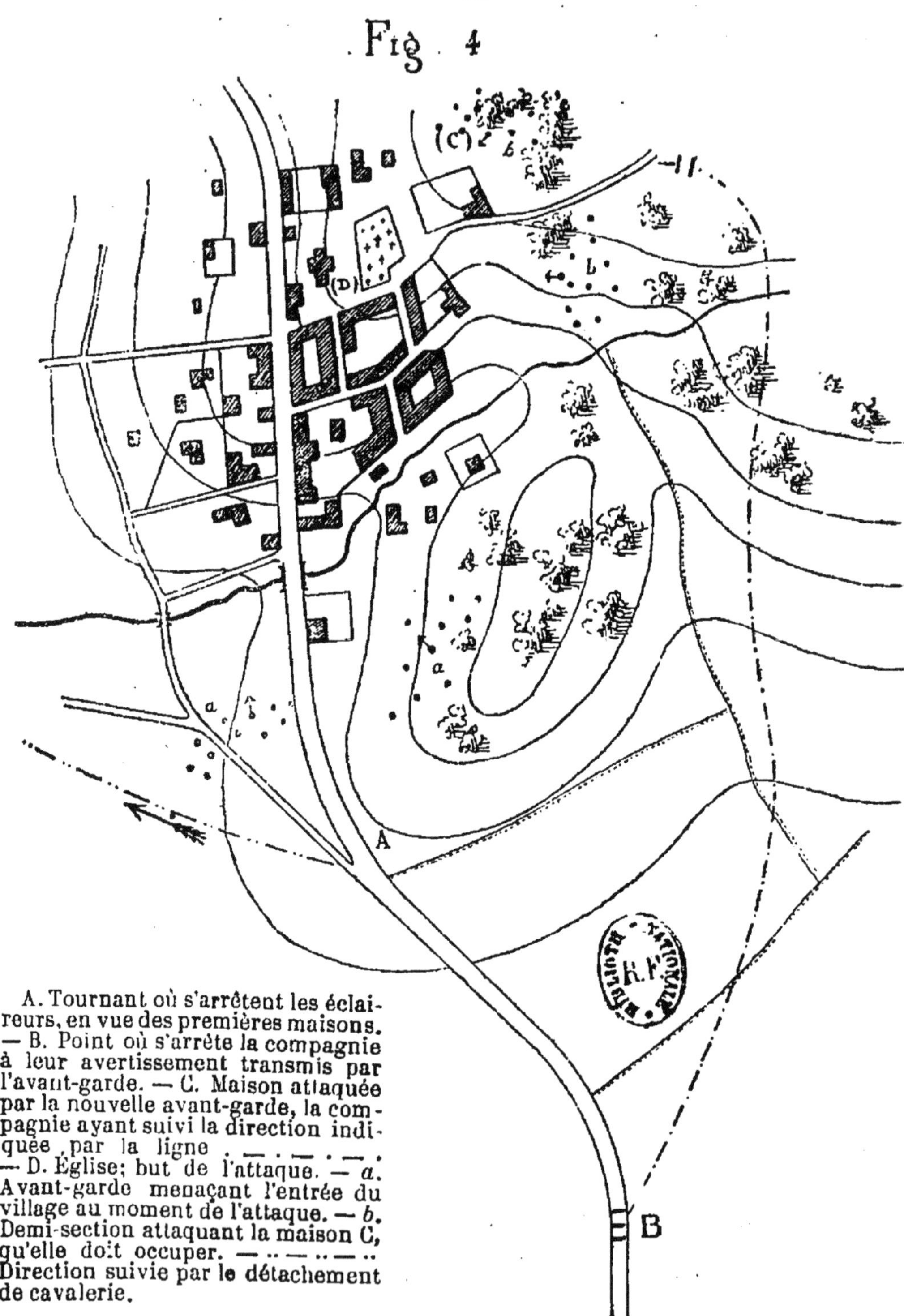

A. Tournant où s'arrêtent les éclaireurs, en vue des premières maisons. — B. Point où s'arrête la compagnie à leur avertissement transmis par l'avant-garde. — C. Maison attaquée par la nouvelle avant-garde, la compagnie ayant suivi la direction indiquée par la ligne . —— . —— . — D. Église; but de l'attaque. — *a*. Avant-garde menaçant l'entrée du village au moment de l'attaque. — *b*. Demi-section attaquant la maison C, qu'elle doit occuper. — .. — .. — .. Direction suivie par le détachement de cavalerie.

crût-on certain de n'avoir personne devant soi, on agira comme si l'on devait rencontrer une résistance.

Si la compagnie n'est point isolée, mais qu'elle forme simplement l'avant-garde d'un corps plus considérable, la position sera reconnue de même. Il faut se garder contre un faux amour-propre qui pousse à s'engager d'un air nonchalant dans un terrain inconnu. Si l'on n'est pas certain qu'un village est fouillé à l'avance, on procède à cette opération exactement comme il vient d'être expliqué, sauf les précautions pour le cas de retraite, puisqu'on est appuyé. Tout au plus peut-on, lorsqu'on n'a affaire qu'à des ennemis peu organisés, ne lancer que des patrouilles d'une escouade dans les voies parallèles à la route, d'autres contournant l'extérieur du village.

On vient de parler de troupes à cheval adjointes à un détachement d'infanterie. Ces cavaliers, très-peu nombreux, ont pour mission de communiquer les dépêches pressées et de faire le service d'éclaireurs à de grandes distances. L'officier commandant la reconnaissance les emploie alternativement à ces deux missions, et parfois, comme on l'a dit, à quelque démonstration ayant pour but d'inquiéter l'ennemi. Il doit donner autant que possible des *instructions* au sous-officier de cavalerie, plutôt que des ordres de détail, et surtout l'interroger sur l'état de ses montures, pour savoir s'il en peut obtenir tel ou tel effort.

2° *Fouiller un bois.* — Dès que la pointe d'avant-garde ou les flanqueurs se trouvent en vue du bois, les hommes s'arrêtent et avertissent, ainsi qu'il a été prescrit ci-dessus, et le chef de détachement procède de même à la reconnaissance du terrain.

Lorsqu'on ne possède pas une carte dans la parfaite exactitude de laquelle on ait confiance, on ne peut qu'observer la lisière. Elle présente des saillants, et les cours de fortification enseignent que ce sont les points par lesquels elle est le plus abordable. Entre ces saillants on choisit, toutes choses égales d'ailleurs, celui qui se présente sur la partie la plus élevée du terrain. On conçoit que si des ravins, des clôtures, etc., permettent d'approcher plus à couvert de tout autre point, c'est par cet endroit qu'on devra chercher à pénétrer.

Le capitaine, avant de se démasquer, déploie une section, les escouades restant groupées; chacune d'elles porte en avant une ou deux files, qui agissent comme il a été prescrit pour les petites patrouilles. Ces hommes isolés n'ont qu'à fouiller les terrains couverts par lesquels on se dirige.

Les escouades avancent en même temps, à peu près parallèlement, jusqu'à ce qu'on trouve une résistance. Aux premiers coups de feu elles se déploient, et si la résistance devient sérieuse on avance en échelons. Lorsqu'on est parvenu à 100 mètres au plus du point d'attaque, les échelons s'arrêtent. Le capitaine désigne celui qui est chargé de l'attaque à l'arme blanche, l'autre active son feu; dès que l'attaque est lancée il cesse de tirer, met la baïonnette au canon et se précipite de son côté. Suivant les circonstances, on renforce, au dernier moment, le premier échelon lancé, par une des deux demi-sections restées en réserve. Les deux escouades restantes seront jetées sur la première grande avenue qu'on rencontrera.

Il est évident que l'opération n'est possible qu'à la condition de n'avoir que peu de troupes devant soi, ou d'être efficacement soutenu.

Si l'on dispose de cartes très-exactes, la connaissance préalable des grandes avenues du bois, des éclaircies, des constructions qui y existent, influera nécessairement sur le choix du point d'attaque.

Une compagnie envoyée comme avant-garde ou comme tirailleurs, c'est-à-dire couvrant d'autres troupes à peu de distance, n'aura même pas tant de précautions à prendre. Elle avancera par échelons jusque près de la lisière; si elle n'est pas déployée tout entière au moment précis de l'attaque, la petite réserve qui lui reste s'élancera avec l'échelon qui cherchera le premier à pénétrer.

Dans le cas où l'on s'introduirait sans résistance, on continuera à marcher, ainsi qu'il a été dit, par patrouilles d'une escouade se reliant constamment entre elles. Le capitaine, ou mieux un officier désigné par lui à cet effet, établira un croquis rapide par les moyens enseignés en topographie.

Si le bois est de très-peu d'étendue, le premier soin devra être, dans tous les cas, de le déborder au moins d'un côté.

3° *Couvrir un fourrage.* — On comprend sous la dénomination de *fourrage* toute opération militaire ayant pour but de se procurer des approvisionnements, de quelque nature qu'ils soient.

Lorsqu'il s'agit de faire un fourrage *au vert,* c'est-à-dire de couper sur le terrain des fourrages proprement dits, l'infanterie ne joue guère que le rôle de soutien des troupes à cheval.

Quand les denrées sont déjà emmagasinées ou qu'on doit les prendre de force chez les habitants, il faut d'abord occuper militairement les fermes ou villages, ce qui se fait comme il a été expliqué. On garde ensuite les abords de la position, en prenant les mêmes mesures qu'une grand'garde. Une petite réserve est installée dans la position dominante; elle fournit des hommes qui escortent les officiers ou les employés militaires chargés de visiter les habitations, s'il y a lieu d'employer ce moyen. Il est on ne peut plus dangereux, dans une opération de ce genre, de laisser les hommes errer individuellement. Les postes sont tenus hors du village, comme dans une grand'garde qui s'attend à être attaquée. La réserve est rigoureusement tenue sous les armes dans le bâtiment qu'elle occupe; on ne laisse absolument sortir que les escortes dont il vient d'être parlé. Faute de la plus grande vigilance pour l'exécution rigoureuse de ces mesures, les hommes courent à la maraude; si, sur ces entrefaites, un simple parti ennemi un peu résolu survient, il surprend le détachement en désordre, le chasse et conquiert tous les approvisionnements qu'on a réunis, avec bon nombre de prisonniers. Ce sont des accidents honteux, dont une sévère discipline peut seule garantir.

On ne peut ajouter aucun détail à ceux que donne l'ordonnance sur le service en campagne, au sujet des convois et de leur escorte.

Dans le cas de rencontre d'une reconnaissance ennemie, on sait qu'il faut la pousser le plus loin possible, tant pour l'empêcher de remplir sa mission, que pour se procurer soi-même des renseignements. Il a été déjà observé que les dispositions de combat ne peuvent être prescrites d'avance ni même soumises à des règles générales. On s'efforcera seulement, si l'on est contraint de se replier, de choisir des terrains couverts et propres aux embuscades. En présence des troupes à cheval, c'est le meilleur moyen de retarder la poursuite, souvent même de l'arrêter tout à fait, et le moindre obstacle peut être utilisé.

Les bois et les villages surtout s'y prêtent admirablement. Si la cavalerie ennemie s'éclaire mal et se borne à suivre les routes, on peut lui infliger de vigoureuses leçons. Il suffit pour cela de poster son monde dans l'intérieur du village, derrière quelque haie ou clôture bordant la route, laissant aux premières maisons un petit poste de trois ou quatre hommes intelligents, qui font feu sur la pointe du peloton d'avant-garde et s'enfuient comme des gens surpris. Presque toujours tout le peloton les poursuit à toute bride et donne dans l'embuscade. Une salve à bout portant suffit et l'on se retire au plus vite, avant que le gros de l'avant-garde ennemie n'ait enveloppé le village. Il faut, pour tenter un coup de main de ce genre, être bien assuré des mauvaises habitudes de l'ennemi et faire surveiller les environs par ses propres cavaliers. Parfois, il suffit d'un officier ou sous-officier placé dans le clocher pour avertir si l'ennemi se méfie et s'il entoure préalablement le village.

Enfin, un détachement d'infanterie, section ou compagnie, est souvent désigné pour escorter une section ou une batterie d'artillerie. Dès que les pièces sont mises en batterie, l'escorte est disposée à droite et à gauche, généralement un peu en avant, de manière à abriter les hommes et à pouvoir croiser les feux en avant du front de la batterie. On se gardera soigneusement, quelle que soit la forme du terrain, de poster des hommes en avant ou en arrière des pièces, car on s'expose ainsi à tous les projectiles ennemis tombant trop long ou trop court. De plus, un nombre aussi restreint de fantassins ne garde efficacement un espace un peu étendu que par des feux croisés.

FIN

TABLE DES MATIÈRES

Paris. — Typographie de Firmin Didot frères, rue Jacob, 56.

LISTE DES PUBLICATIONS

DE LA

RÉUNION DES OFFICIERS

Le Bulletin de la réunion des officiers, publication hebdomadaire, 4 fr. par trimestre.

ENTRETIENS MILITAIRES.

1. **L'Armée prussienne,** par M. Lahaussois, sous-intendant militaire. 1872, in-12, 36 pages. Paris, Dumaine........... 60 c.
2. **Hygiène militaire,** par le docteur Jules Arnould, médecin-major de 1re classe. 1872, in-12, 28 pages. Paris, Dumaine. 60 c.
3. **Des tirailleurs, de leur instruction, de leur emploi,** par M. Herbinger, cap. adjudant-major au 101e de ligne. 1872, in-12, 26 pages. Paris, Dumaine.......................... 60 c.
4. **Principes rationnels de la marche des impedimenta dans les grandes armées,** par M. Anatole Baratier, sous-intendant militaire. 1872, in-12, 46 pages. Paris, Dumaine... 1 fr.
5. **De l'administration militaire,** par M. Lewal, colonel d'état-major. 1872, in-12, 70 pages. Paris, Dumaine......... 1 fr.
6. **De l'administration militaire et du fonctionnement des services administratifs.** — Réponse à M. le colonel Lewal, par M. Anatole Baratier, sous-intendant militaire. 1872, in-12, 46 pages. Paris, Dumaine .... 1 fr.
7. **De l'aérostation militaire,** par M. Delambre, capitaine du génie. 1872, in-12, 40 pages. Paris, 37, rue de Bellechasse. 75 c.
8. **De la photographie** et de ses applications aux besoins de l'armée, par M. Dumas, capitaine d'état-major, 1872, in-12, 20 pages avec carte. Paris, 37, rue de Bellechasse................ 75 c.
9. **Instruction de l'infanterie,** préparation au service de la guerre, par M. Percin, capitaine du génie. 1872, in-12, 38 pages. Paris, 37, rue de Bellechasse.......................... 75 c.
10. **De l'emploi militaire des chemins de fer,** par M. Delambre, capitaine du génie. 1872, in-12, 44 pages. Paris, 37, rue de Bellechasse.. 75 c.
11. **De l'enseignement de la géographie,** par M. Bourboulon, chef de bataillon. 1872, in-12, 44 pages. Paris, 37, rue de Bellechasse.. 75 c.
12. **Création de manutentions roulantes** pour les quartiers généraux et les divisions en campagne, par M. Baratier, sous-intendant militaire. 1873, in-12, 54 pages. Paris, Tanera....... 1 fr.

13. **Du service des états-majors,** par M. Derrécagaix, capitaine d'état-major. 1873, in-12, 32 pages. Paris, Tanera........ 75 c.

14. **Des compagnies de partisans,** formation d'une compagnie de partisans dans chaque régiment de ligne, par M. Girard, capitaine au 91ᵉ régiment de ligne. 1873, in-12, 46 pages. Paris, Tanera.................................... 75 c.

15. **Des soutiens d'artillerie,** par M. Herbinger, capitaine adjudant-major au 101ᵉ régiment de ligne. 1873, in-12, 34 pages. Paris, Tanera.................................... 75 c.

16. **Du matériel et de la tactique de l'artillerie de campagne,** à propos des manœuvres d'automne de l'armée anglaise en 1872, par M. de Grandry, chef d'escadron d'artillerie. 1873, in-12, 22 pages. Paris, Tanera.................................... 50 c.

17. **Les nouvelles bouches à feu de la marine française,** par M. Sebert, capitaine d'artillerie de marine. 1873, in-12, 72 pages. Paris, Tanera.................................... 1 fr. 50

18. **De la tactique de combat et de l'emploi des tirailleurs,** par M. Sacreste, lieutenant au 90ᵉ régiment de ligne. 1873, in-12, 48 pages. Paris, Tanera.................................... 75 c.

19. **Des spécialités dans l'infanterie,** par M. Issalène, capitaine au 67ᵉ régiment de ligne. 1873, in-12, 56 pages. Paris, Tanera.................................... 1 fr.

20. **Étude sur la convention de Genève,** considérée dans ses principes et son application, par le docteur Jules Arnould, médecin-major de 1ʳᵉ classe. 1873, in-12, 80 pages. Paris, Tanera. 1 fr. 50 c.

21. **La Cochinchine française,** par M. Bovet, lieutenant-colonel du génie. 1873, in-12, 46 pag. avec carte. Paris, Tanera. 1 fr. 25 c.

22. **De l'alcool** considéré comme source de force et du parti que l'on peut en tirer dans la pratique de la guerre, par le docteur Jules Arnould, médecin-major de 1ʳᵉ classe. 1873, in-12, 32 pages. Paris, Tanera.................................... 75 c.

23. **Sur le rôle des places françaises de l'est pendant la dernière invasion,** par M. Ed. Thiers, capitaine du génie. 1873, in-12, 58 pages avec carte. Paris, Tanera.......... 1 fr. 50 c.

24. **L'armée anglaise** avant sa réorganisation par de Mandat de Grancey, capitaine de cavalerie. 1873, in-12, 84 pages. Paris, Dumaine.................................... 1 fr. 50 c.

ENCYCLOPÉDIE MILITAIRE.

1. **Les Canons géants du moyen âge et des temps modernes,** par R. Wille, lieutenant de l'artillerie prussienne. Traduit de l'allemand par MM. R. Colard et S. Bouché, lieutenants d'artillerie. 1872, in-8°, 128 pages. Paris, Tanera............. 3 fr.

2. **Les Mitrailleuses et leur emploi pendant la guerre de 1870-1871,** par M. Hermann, comte Thürheim, capitaine bavarois. Traduit de l'allemand par M. E. J. 1872, in-8°, 42 pages. Paris, Tanera.................................... 1 fr. 25

3. **Mémoire** sur la permanence de l'armement de défense et sur l'emploi des cuirasses métalliques dans les fortifications d'Anvers, Plymouth et Portsmouth, par le baron Berge, lieutenant-colonel d'artill. 1873, in-8° avec planches. Paris, Tanera................ 3 fr.

4. **Étude sur le réseau des chemins de fer français** considéré comme moyen stratégique, par L. de Tromenec, capit. d'artillerie. 1873, in-8°, 70 pages avec carte. Paris, Tanera... 2 fr. 50

5. **Guide** pour la préparation des plans de marche et des transports de troupes par les chemins de fer, par A. Le Pippre, chef d'escadron d'état-major. 1873, in-8°, 118 pages avec planches. Paris, Tanera. 6 fr.

6. **De l'emploi des shrapnels en campagne,** par R. von Sichart, capitaine professeur à l'école de tir d'artillerie. Traduit de l'allemand par R. Colard, capitaine d'artillerie. 1873, in-8°, 54 pages. Paris, Tanera.............................. 1 fr. 50 c.

RÈGLEMENTS ÉTRANGERS.

1. **Règlement du 3 août 1870 sur les exercices de l'infanterie de l'armée royale de Prusse.** Traduit de l'allemand par J. Monlezun, lieut. au 120ᵉ régiment d'infanterie. 1 volume in-12 avec figures et planches de musique donnant toutes les sonneries et batteries. 1872, in-12, 282 pages. Paris, Tanera. 4 fr.

2. **Instruction du 9 juin 1870 concernant le service de garnison de l'armée prussienne.** Traduit de l'allemand par MM. Samion et Laplanche. 1872, in-12, 84 pages. Paris, Berger-Levrault.. 1 fr. 25

3. **Manuel du sapeur d'infanterie.** Instruction publiée par le ministère de la guerre (septembre 1871). Traduit de l'italien par MM. Percin, Grillon et de Lort-Sérignan. 1872, in-12, 234 pages, 100 planches. Paris, Tanera.......................... 4 fr.

4. **Le Pionnier d'infanterie en campagne.** Traduit de l'allemand par M. Grillon, capitaine du génie. 1873, in-12, 48 pages avec 2 planches. Paris, Tanera.......................... 1 fr.

5. **Règlement de 1870 sur les exercices de la cavalerie autrichienne.** Traduit de l'allemand par V. Zeude, chef d'escadron de cavalerie. 1873, in-12, 154 pages. Paris, Tanera... 2 fr.

6. **Règlement du 15 mai 1872 pour l'instruction tactique des troupes d'infanterie.** Traduit de l'italien par le commandant Durostu et le capitaine Jolly. 1873, in-12, 224 pages. Paris, Dumaine.. 3 fr.

7. **Règlement d'exercice pour la cavalerie prussienne,** traduit de l'allemand par M. Langlois, capitaine d'artillerie. 1873, in-12, 212 pages, 6 planches. Paris, Firmin Didot......... 3 fr.

8. **Règlement du 4 juillet 1872 pour l'instruction tactique des troupes de cavalerie.** Traduit de l'italien par le command. Durostu et le capit. Vollot. 1873, in-12, 174 pages avec cartes. Paris, Dumaine............................ 3 fr.

OUVRAGES DIVERS.

1. **Organisation de l'armée de l'Allemagne du Nord.** Recrutement et libération. Traduit de la 12e édition de l'ouvrage sur l'organisation de l'armée allemande, du général de Witzleben, par le commandant Le Maître. 1872, in-8°, 96 pages. Paris, Berger-Levrault.................................... 2 fr.

2. **Cours réduit du tir,** par Borreil, capitaine au 124e de ligne. 3e édit. 1873, in-12, 80 pages. Paris, Dumaine........... 60 c.

3. **Manuel d'hygiène** et de premiers secours. Traduit de l'allemand par le docteur Bürgkly. 1872, in-12, 40 pages. Paris, Dumaine.................................... 60 c.

4. **Manuel du soldat.** 1872, in-18, 92 pages. Paris, Tanera.................................... 50 c.

5. **Éléments de la connaissance du terrain, à l'usage des sous-officiers,** par M. La Fuente, lieut. d'état-major, et M. Mac-Caffarelli, sous-lieutenant au 8e hussards, 3e édition. 1874, in-12, 76 pages, 3 planches. Paris, Dumaine............... 1 fr. 50

6. **Agenda de poche des officiers de terre et de mer pour 1873.** in-18. Paris, Berger-Levrault.......... 1 fr. 50

7. **Esquisse d'un projet de loi sur l'avancement,** par un officier du génie. 1873, in-8°, 88 pages. Paris, Tanera..... 2 fr.

8. **Manuel du soldat d'infanterie,** en usage dans la division d'Alger. 1872, in-18, 144 pages. Paris, Plon......... 50 c.

9. **La Vérité sur le Masque de fer** (les Empoisonneurs), d'après des documents inédits des archives de la guerre et des autres dépôts publics (1664-1703), par M. Th. Yung, capitaine d'état-major. 1873, in-8°, 460 pages. Paris, Plon.................. 8 fr.

10. **Considérations sur le recrutement de l'armée et sur l'aptitude militaire dans la population française,** par le Dr Morache. 1873, in-12, 80 pages, 3 planches. Paris, Dumaine.................................... 75 c.

11. **Le drapeau national, son historique,** par L. Lèques, sous-intendant militaire. 1873, in-12, 28 pages. Paris, Tanera. 75 c.

12. **Abrégé du code de Justice militaire à l'usage des sous-officiers, caporaux et soldats, suivi d'un extrait**

du règlement sur le service intérieur en ce qui concerne les punitions. 1873, in-12, 16 pages. Paris, Dumaine.. 20 c.

13. **Conseils pratiques aux jeunes officiers pour la préparation du fantassin au service en campagne,** par le capitaine Périzonius, Traduit de l'allemand par A. C., lieutenant au 55ᵉ. 1873, in-12, 68 pages. Paris, Tanera............ 1 fr.

14. **Du service en campagne. Méthode d'instruction pratique pour les soldats et officiers d'infanterie,** traduite de l'ouvrage du général comte de Waldersée par M. Darguiès, et résumée par F. Louis, colonel du 69ᵉ. 1873, in-12, 238 pages. Paris, Firmin Didot................................ 2 fr. 50

15. **Écoles régimentaires. Emploi du temps et programme ou plan méthodique d'études pour l'enseignement du premier degré dans les compagnies,** par *M. Fournols, lieutenant au 97ᵉ.* 1873, in-8°, 20 pages. Paris, Dumaine.. 50 c.

16. **Considérations sur le système défensif de Paris,** par M. Ferron, chef de bataillon du génie, un in-8° avec carte. 2ᵉ édition 1873, in-8°, 112 pages avec carte. Paris, Plon.. 2 fr. 25 c.

17. **Notes sur l'organisation de l'armée pendant la révolution (4 août 1789-30 octobre 1795),** par M. Choppin, lieutenant au 3ᵉ dragons. 1873, in-12, 80 pages. Paris, Tanera..................................... 1 fr. 25 c.

18. **Historique du service religieux dans les armées suivi d'un projet d'organisation dans l'aumônerie militaire,** par M. Lèques, sous-intendant militaire. 1873, in-8°. Tours, Bouserez.. 1 fr.

19. **Bordj-bou-Arreridj pendant l'insurrection de 1871 en Algérie.** Journal d'un officier, par M. Du Cheyron, chef d'escadron au 8ᵉ hussards, in-12. 1873, in-12, 266 pages avec cartes. Paris, Plon................................ 4 fr.

20. **Études stratégiques sur la défense des lignes fluviales.** Traduit de l'allemand, par M. Grillon, capitaine du génie. 1873, in-8°, 64 pages, 4 pl. Limoges. Charles Père.. 2 fr. 50 c.

21. **Service en campagne pratique,** par C. Philebert, lieutenant-colonel au 110ᵉ. 1873, in-12, 130 pages. Paris, Dumaine..................................... 1 fr. 50 c.

22. **Tactique de la cavalerie prussienne.** Extrait de l'aide-mémoire de Helldorff (3ᵉ et 4ᵉ parties). 1873, in-8°, 48 pages avec planche. Rennes. Leroy............................ 1 fr.

23. **La manœuvre sur la carte (jeu de la guerre),** publié par le corps d'état-major italien, traduit par M. Vollot, capitaine du génie. 1873, in-12, 68 pages. Rennes, Leroy..... 1 fr. 25 c.

24. **Méthode d'enseignement du combat des tirailleurs**

pour l'infanterie prussienne, par le général comte de Waldersée, traduit de l'allemand, par M. Dargniès, ingénieur. 1873, in-12, 238 pages. Paris, Labitte........................ 3 fr.

25. **Art de la guerre déduit de l'étude technique des campagnes de 1805,** par M. Bernard, chef de bataillon au 41e d'infanterie. 1873, in-8°, 202 pages. Paris, Tanera..... 5 fr.

26. **De l'organisation défensive du territoire,** par M. le général Cadart. 1873, in-8°, 26 pages. Paris, Tanera...... 1 fr.

27. **Note sur l'organisation du système défensif de Paris,** par le général Tripier. 1873, in-8°, 30 pages. Paris, Tanera.. 1 fr.

28. **Jeu de la topographie ou des cartes militaires,** par A. Viney, lieutenant du génie. 1873. Paris, Régnier.. 1 fr. 50 c.

29. **Éléments de fortification passagère à l'usage des officiers de toutes armes,** par M. Maire, capitaine du génie. 1873, in-8°, 172 pages. Paris. Dejey.................. 4 fr.

30. **Manuel pratique militaire des chemins de fer,** par M. Issalène, cap. d'infanterie. 1873, in-12, 156 pages. Paris, Gauthier-Villars.................................. 2 fr. 50 c.

31. **Les siéges de Paris et de Belfort en 1870-71,** par le comte de Geldern, capitaine du génie, traduit de l'allemand, par M. Grillon, capitaine du génie. 1873, in-8°, 172 pages avec cartes. Paris, Dejey.. 4 fr.

32. **Considérations sur le système défensif de la France,** par M. Ferron, chef de bataillon du génie, in-8° avec carte. 3e édition. 1873, in-8°, 96 pages, avec carte. Paris, Plon....... 3 fr.

33. **Répartition des troupes de l'armée active en corps d'armée,** divisions et brigades conformément à la loi du 24 juillet 1873 et en exécution des décrets du 23 et 29 septembre 1873. 1873, in-8°, 24 pages. Paris, Plon.................... 50 c.

34. **Le jeu de la guerre français,** seize cartes en couleurs, règles du jeu, pièces figurantes (100 fr.) (40 fr. pour les officiers). 2e édition 1874, Paris, 37, rue de Bellechasse.

35. **Cours d'administration militaire pour servir à la préparation des examens à subir pour les officiers de toutes armes proposés pour l'avancement,** par M. Dally, capitaine au 102e. 1874. Paris, Plon.................... 5 fr.

36. **Manuel militaire de la jeunesse,** suivi des décrets et instructions concernant le volontariat d'un an, par M. Gandolphe, capitaine au 25e d'artillerie. 1873, in-12, 144 pages, 12 planches. Paris, Hachette.................................. 2 fr.

37. **Considérations militaires sur les chemins de fer italiens,** par C. Aymonio, Traduit de l'italien par M. Malifaut, capitaine au 54e. 1873, in-12.

38. **Études sur les tirailleurs algériens,** par F. Mattée cap.

au 124e de ligne. 1873, in-12, 46 pages. Paris, Tanera... 75 c.

39. **Guide de l'acheteur de chevaux, examen détaillé des qualités et défectuosités du cheval,** par M. Rivet, capitaine au 11e dragons. 1874, in-12, 62 pages. Paris, Tanera. 1 fr.

40. **L'expédition de Khiva,** par M. Weil. 1874, in-12. Paris, Amyot.. 1 fr.

41. **Aide-mémoire du cavalier pour servir à l'instruction théorique des jeunes officiers et sous-officiers,** par le général-major von Mirus. Traduit de l'allemand par le commandant Le Maître. 1874, 2 vol. in-12. Paris, Firmin Didot... 4 fr.

42. **Cours d'art militaire professé à l'école de Saint-Cyr,** par le cap. Barthélemy, 2 vol. in-8° en 20 fascicules. 1 fascicule par mois à partir du 15 janvier. Paris, Delagrave. Prix du fascicule.. 1 fr.

43. **Cartes des régions militaires de la France,** par M. Dally, capitaine au 102e. Paris, Plon................ 2 fr.

44. **Études sur l'art de conduire les troupes,** par Verdy du Vernois, traduit de l'allemand par M. Masson, capitaine d'état-major. Paris, Dumaine.

1re partie..................................	2 fr.	»
2e partie..................................	2 fr.	50 c.
3e partie	4 fr.	»

45. **Annuaire de la réunion des officiers :**

1872. 37, rue de Bellechasse..................	»	60 c.
1873. Paris, Plon..............................	3 fr.	»
1874. Paris, Plon..............................	4 fr.	»

46. **Agenda de l'officier de distribution,** par M. Estrabaut, capitaine au 8e de ligne. Paris, Plon : Prix......... » 40 c.

OUVRAGES ADOPTÉS OU TRAVAUX COMMUNIQUÉS PAR LA RÉUNION.

1. **Les Trains sanitaires,** par M. le docteur Morache. (Extrait du journal des sciences militaires). 1872, in-8°, 56 pages avec planche. Paris, Dumaine............................ 1 fr. 50 c.

2. **Construction et destruction des chemins de fer,** par M. Wibrotte, sous-lieutenant au 47e. (Extrait du journal des sciences militaires) 1872, in-8°, 36 pages. Paris, Dumaine.......... 1 fr.

3. **Abraham Du Quesne et la marine de son temps,** par M. Jal, historiographe de la marine. 1872, 2 volumes in-8°. Paris, Plon .... 16 fr.

4. **Petit Bulletin du soldat et du marin.** Publication hebdomadaire. Paris. 13, quai Voltaire..... 3 fr. 60 c. par an.

5. **L'Almanach du soldat et du marin pour 1874.** 1874, in-18. Paris, 13, quai Voltaire........................ 50 c.

6. **Le blocus de Montmédy en 1870,** par de Lort Serignan, lieutenant d'infanterie (extrait du spectateur militaire) 1873, in-8°, 184 pages avec planches.................................. 5 fr.

7. **Études sur les cadres et le budget des armées,** par M. Simouneau sous-intendant militaire (extrait du journal des sciences militaires), 1874 in-8°. 78 pages. Paris, Dumaine. 1 fr. 50

8. **Expédition chez les Beni-Menacer en 1871,** par Ch. Philebert, colonel au 36e. (Extrait du journal des sciences militaires). 1873, in-8°, 50 pages. Paris, Dumaine................ 1 fr. 50

MÉLANGES MILITAIRES.

Extraits du Bulletin de la Réunion. 2 séries de cent numéros. Paris, Tanera.

Sous presse :

1. **La guerre de siége,** par le capitaine Brunner. Traduit de l'allemand par le capitaine Piette.
2. **Étude sur la nouvelle tactique de l'infanterie,** par le major von Scherff. Traduit de l'allemand. Paris, Firmin Didot.
3. **Manuel d'hygiène militaire,** par M. Arnould, médecin-major. Paris.
4. **Entretien sur les chemins de fer,** par M. Delambre, capitaine du génie. Paris, Amyot.
5. **La section militaire à l'exposition de Vienne.** Paris, Dejey.
6. **La pratique de la topographie vulgarisée au moyen de l'échelle rapporteur à boussole éclimètre,** par M. Trinquier, capitaine au 32e. Paris, Hachette.
7. **Agenda aide-mémoire d'administration à l'usage des chefs de corps et des officiers d'administration,** par M. Kampf, col. d'inf. Paris, Plon.
8. **Manuel du volontaire d'un an** (*cavalerie*), par MM. de Chalendar et de Breuil, capitaines au 9e hussards. Paris, Didot.
9. **Manuel du volontaire d'un an** (*infanterie*), par Napoléon Ney, lieutenant au 80e. Paris, Didot.
10. **Entretien sur le cheval de guerre,** par M. Decroix, vétérinaire. Paris, Tanera.
11. **Entretien sur les chemins de fer,** par M. Marcille, capitaine du génie. Paris Tanera.

Typographie Firmin-Didot. — Mesnil (Eure).

www.ingramcontent.com/pod-product-compliance
Ingram Content Group UK Ltd.
Pitfield, Milton Keynes, MK11 3LW, UK
UKHW021217230726
13926UKWH00003B/1066

9 782013 626170